Drogenbosse der Welt

Translated to German from the English
version of
Drug Lords of the World

Dr. Binoy Gupta

Ukiyoto Publishing

Alle globalen Veröffentlichungsrechte liegen bei

Ukiyoto Publishing

Veröffentlicht im Jahr 2023

Inhalt Copyright © Dr. Binoy Gupta

ISBN 9789360166946

Alle Rechte vorbehalten.
Kein Teil dieser Veröffentlichung darf ohne vorherige Genehmigung des Herausgebers in irgendeiner Form auf elektronischem, mechanischem, Fotokopier-, Aufnahme- oder anderem Wege reproduziert, übertragen oder in einem Abrufsystem gespeichert werden.

Die Urheberpersönlichkeitsrechte des Urhebers wurden geltend gemacht.

Dieses Buch wird unter der Bedingung verkauft, dass es ohne vorherige Zustimmung des Verlegers in keiner anderen Form als der, in der es veröffentlicht wird, verliehen, weiterverkauft, vermietet oder anderweitig in Umlauf gebracht wird.

www.ukiyoto.com

Inhalt

Einleitung	1
Alkohol & Al Capone	5
Das Goldene Dreieck	26
Tse Chi Lop Asiens größter Drogenbaron	41
Der Goldene Halbmond	57
Die Drogenkartelle von Medellín und Cali	63
Mexikanische Drogenkartelle	83
Joaquín El Chapo Guzman	106
Druglords Of Brazil	114
Drogenlords von Indien	130
Über den Autor	*135*

Einleitung

Drogenbarone und Kartelle haben mich schon immer fasziniert. Sie sind fast wie parallele Regierungen – professionell geführt, aber viel rücksichtsloser. Angefangen hat alles mit Alkohol und Prohibition.

Alkohol und Betäubungsmittel sind süchtig machende oder gewohnheitsbildende Drogen. Diese werden seit Jahrhunderten für medizinische Zwecke verwendet. Sie wurden für die Sucht verwendet, aber in unbedeutenden Mengen. In der heutigen Zeit ist die Abhängigkeit von ihnen für die meisten Länder zu einer Quelle großer Besorgnis geworden, weitaus mehr für die Industrieländer.

Der illegale Handel mit Betäubungsmitteln generiert riesige Geldsummen. Dieses Geld wird verwendet, um Politiker und Regierungsbeamte zu bestechen, zu korrumpieren, zu bedrohen und sogar zu töten. Dies hat zu Drogenbaronen wie Al Capone, Khun Sa, Chao Nyi Lai, Bao Youxiang, Lao Ta Saenlee, Wei Hsueh-kang, Hajji Bashir Noorzai aus Afghanistan, General Noriega, Pablo Escobar, Griselda Blanco, dem Queenpin, Félix Gallardo aus Mexiko, Joaquín El Chapo Guzman, Ng Sik-ho, Tse Chi Lop und vielen anderen geführt. Sie haben auch Drogenkartelle wie das Medellin- und Cali-Kartell, das Sinaloa-Kartell geschaffen. Brasilien hat das Feld ziemlich spät betreten. Die Drogenbosse sind schmutzig reich, total rücksichtslos und üben enorme Macht aus. Sie können jeden - einschließlich der Polizei, des Militärs und der Justiz - angreifen und töten lassen.

Gleichzeitig muss, da der Kampf gegen Betäubungsmittel auf internationaler Ebene angegangen wird, ein großer Teil des illegalen Geldes gewaschen werden, um die Geldquelle zu verbergen, was unzählige Probleme schafft, die geniale Lösungen erfordern.

Viele der Drogenbarone haben eine Art Robin Hood-Bild kultiviert, das oft den Armen und Bedürftigen hilft. Ihre Geschichten wurden in Blockbuster-Filme und TV-Serien umgewandelt. Bestseller-Bücher wurden darüber geschrieben.

Die Industrieländer geben riesige Summen an Geld und Ressourcen aus, um die Bedrohung zu bekämpfen – um die Produktion verschiedener Medikamente zu stoppen; um die Produzenten, Händler und Einzelhändler zu fangen und zu bestrafen; und um die Gewohnten zu behandeln und zu rehabilitieren. Der Kampf gegen Betäubungsmittel ist eine der wichtigsten sozialen Prioritäten in Ländern wie den USA und Europa.

Indien hinkt nicht hinterher. Die Beschlagnahmung und damit der Import von Drogen nach Indien haben in den letzten Jahren vielfältig zugenommen. Drogen sind zu einem ernsthaften Problem geworden. Und das erfordert viel mehr und viel größere Anstrengungen, um den Handel zu stoppen, die Schuldigen zu fangen und zu bestrafen und die Süchtigen zu behandeln.

Am 15. September 2021 beschlagnahmte das Directorate of Revenue Intelligence (Dri), Indien, zwei Container im Hafen Mundra in Gujarat auf der Grundlage von geheimen Geheimdienstinformationen, dass sie Betäubungsmittel enthielten. Die Container stammten aus Afghanistan nach der Übernahme des Landes durch die Taliban am 15. August 2021. Die Ladung war vom Hafen Bandar Abbas im Iran zum Hafen Mundra in Gujarat verschifft worden. Die Ladung war als halbverarbeitete Talk-Steine aus Afghanistan deklariert worden. Die Container waren von einer Firma in Vijayawada in Andhra Pradesh importiert worden. Die Betäubungsmittel waren auf dem Weg nach Neu-Delhi. Zwei Personen wurden im Zusammenhang mit der Beschlagnahme festgenommen. Die Ermittlungen wurden von der National Investigation Agency (nia) übernommen und sind im Gange.

Die DRI-Beamten brachten 2.988 kg (6.590 Pfund) Heroin im Wert von geschätzten 21.000 Rupien zurück. Dies ist der bisher größte Raubzug von Betäubungsmitteln in Indien. Es ist nicht bekannt, ob es sich um die erste Sendung handelte oder ob mehr Personen zuvor den Hafen durchlaufen hatten.

Der Opiummohn wird in Indien mindestens seit dem 15. Jahrhundert angebaut. Als das Mogulreich im Niedergang begriffen war, übernahm die Britische Ostindien-Kompanie das Monopol über den Anbau von Schlafmohn. Bis 1873 wurde der gesamte Handel unter staatliche Kontrolle gebracht.

Nach der Unabhängigkeit Indiens gingen Anbau und Handel von Opium an die indische Regierung über. Die Aktivität wurde durch den Opium Act von 1857, den Opium Act von 1878 und den Dangerous Drugs Act von 1930 kontrolliert. Derzeit wird der Anbau und die Verarbeitung von Mohn und Opium durch die Bestimmungen des NDP-Gesetzes (Narcotic Drugs and Psychotropic Substances) kontrolliert.

Aufgrund des Potenzials für illegalen Handel und des Suchtrisikos ist der Anbau von Schlafmohn in Indien streng reguliert. Die Ernte darf nur auf Flächen gesät werden, die von der Zentralregierung in 22 Bezirken in den Bundesstaaten Madhya Pradesh, Uttar Pradesh und Rajasthan gemeldet wurden. Der Anbau von Schlafmohn wird von der Regierung durch Satellitenbilder streng überwacht, um den illegalen Anbau zu überprüfen. Sobald die Ernte fertig ist, haben die Regierungsbeamten eine Formel, wie hoch der Ertrag sein sollte. Diese gesamte Menge wird dann von der Regierung gekauft und vollständig in den staatlichen Opium- und Alkaloidfabriken in Ghazipur, Uttar Pradesh und Neemuch, Madhya Pradesh, verarbeitet. Aus dem Schlafmohn werden Morphin, Codein, Thebain und Oxycodon hergestellt. Obwohl Indien einer der wenigen globalen Anbauer von Mohn ist, importiert es immer noch diese pharmazeutischen Wirkstoffe sowie Mohnsamen, der auch als Lebensmittel im Land konsumiert wird.

Indien hat den stark regulierten Sektor der Opiumproduktion und -verarbeitung für private Akteure geöffnet. In einer Testphase hat die Bajaj Healthcare Ltd. mit Sitz in Thane, Maharashtra, als erstes Unternehmen Ausschreibungen für die Herstellung von konzentriertem Mohnstroh gewonnen, aus dem Alkaloide gewonnen werden, die der pharmazeutische Wirkstoff in Schmerzmitteln und Hustensirupen sind. Die Regierung wird den Mohnstrohhalm zur Verfügung stellen. Bajaj Healthcare Ltd. wird in seinem Werk in Savli in der Nähe von Vadodara in den nächsten fünf Jahren 6.000 Tonnen ungeöffnete Mohnkapseln und Opiumgummi verarbeiten, um pharmazeutische Wirkstoffe herzustellen. Am 23. November 2022 gab Bajaj Healthcare Limited die Einweihung einer neuen Produktionslinie für die Opiumverarbeitung in Savli, Gujarat, Indien, und den Beginn des Probelaufs bekannt.

Die Regierung hat sich im privaten Sektor angesiedelt, um die inländische Produktion verschiedener Alkaloide wie Morphin und Codein, die immer noch importiert werden, anzukurbeln. Dies würde auch eine Verringerung der Importe bedeuten. Der Umzug zielt auch darauf ab, die rückläufige Mohnanbaufläche in Indien in den Jahren 2017 und 2019 auszugleichen. Dies könnte ein 1000-Crore-Geschäft mit mehr Zukunftspotenzial sein.

In diesem kleinen Buch habe ich über Alkohol und verschiedene Suchtmittel geschrieben; eine kurze Vorstellung von einigen der größten Drogenbarone und Drogenkartelle gegeben; erwähnt

die auf internationaler Ebene unternommenen Anstrengungen zur Eindämmung des Drogenhandels und berührten die Betäubungsmittelgesetze mit Bezug auf Indien.

Alkohol & Al Capone

Alkohol ist die älteste und am weitesten verbreitete Suchtdroge. Heute wird Alkohol bei fast allen Festen in der westlichen Welt verwendet. Der Grund für seine breite Verwendung ist seine einfache Herstellung. Wenn ein zuckerhaltiger Saft, einschließlich Fruchtsaft, einige Tage in warmer Luft belassen wird, gären Hefen, die in der Atmosphäre vorhanden sind, ihn zu einem alkoholischen Getränk.

Der Mensch erfuhr auch, dass, wenn stärkehaltiges Getreide wie Mais gekaut und in Wasser gespuckt wurde, die im Speichel vorhandene Amylase die Stärke in Zucker umwandelte und Hefen in der Atmosphäre den Zucker in Alkohol fermentierten.

Vor 9.000 Jahren machten die Chinesen aus Reis, Honig und Früchten eine Art Wein. Details über den Konsum alkoholischer Getränke und die Folgen gewohnheitsmäßiger Vergiftungen finden wir in unserem eigenen, vor 5000 Jahren geschriebenen „Ayurveda". Wir finden Rezepte für die Zubereitung von Bier, die vor fast 4000 Jahren von sumerischen Ärzten auf Tontafeln geschrieben wurden. In Indien ist Kleinkind- oder Palmenwein im ganzen Land weit verbreitet. Es wird entweder als Neera oder Patanīr (ein süßes, alkoholfreies Getränk aus frischem Saft) oder Kallu (ein saures Getränk aus fermentiertem Saft) eingenommen. Der Alkoholgehalt im fermentierten Getränk liegt zwischen 3% bis 6% - etwa so stark wie Bier, aber nicht so stark wie Wein. Der Fermentationsprozess, bei dem Zucker in Alkohol und Kohlendioxid umgewandelt wird, dauert nur so lange an, bis der Zuckergehalt erschöpft ist oder der Alkoholgehalt 14 Vol.- % erreicht. Sobald diese Konzentration erreicht ist, können die Hefen nicht mehr überleben und die Fermentation stoppt.

Um 800 v. Chr. entwickelte ein arabischer Jabir Ibn Hayyan (Geboren: ca. 721 Gestorben: ca. 815) die Kunst der Destillation.

Danach wurde es möglich, konzentriertere und stärkere alkoholische Getränke zuzubereiten.

Country Liquor oder Indian Made Indian Liquor (IMIL) oder Desi Daroo ist eine Kategorie von Spirituosen, die auf dem Land des indischen Subkontinents hergestellt werden. Es wird aus Melasse, einem Bye-Produkt von Zuckerrohr, fermentiert und destilliert. Sie werden traditionell nach einem seit Jahrhunderten überlieferten Verfahren zubereitet. Aufgrund der günstigen Preise ist Country Liquor das beliebteste alkoholische Getränk unter den verarmten Menschen. Es umfasst sowohl legal als auch illegal hergestellten lokalen Alkohol. Es wird geschätzt, dass fast zwei Drittel des in Indien konsumierten Alkohols Likör ist. Da Country Liquor billiger ist als andere Spirituosen, gibt es Berichte über das Mischen von Country Liquor mit Scotch/englischem Whisky in vielen Bars in Indien.https://en.wikipedia.org/wiki/Desi_daru - cite_note-12

Wenn bei der Destillation nicht sorgfältig vorgegangen wird und keine ordnungsgemäße Ausrüstung verwendet wird, steigen schädliche Verunreinigungen wie Fuselalkohole, Blei aus Sanitärlot und Methanol auf toxische Werte an. In Indien werden mehrere Todesfälle aufgrund des Konsums von nicht in der Fabrik hergestelltem giftigem Alkohol gemeldet.

Der Bundesstaat Goa, Indien, hat seinen eigenen einheimischen Alkohol Feni (auch Fenno oder Fenny genannt). Die beiden beliebtesten Feni-Typen sind Cashew Feni und Coconut Feni, je nachdem, welche Zutaten bei der Destillation verwendet werden. Es sind jedoch mehrere andere Sorten und neuere Mischungen erhältlich. Feni ist ziemlich stark und hat einen Alkoholgehalt zwischen 42 und 45 Vol.- %.

Die Geschichte zeigt, dass fast jede Gesellschaft mindestens eine Suchtdroge toleriert

Die gleiche Gesellschaft verachtet Drogen, die von anderen Gesellschaften toleriert werden. Die mexikanischen Indianer verabscheuten Alkohol stark. Die Strafe für das Erscheinen an einem öffentlichen Ort in einem betrunkenen Zustand war der Tod. Aber die gleichen Mexikaner tolerierten das weitaus stärkere Halluzigen-Meskalin. Die meisten muslimischen Kulturen haben den Konsum von Alkohol verboten, aber sie finden den Konsum von Cannabis und Opium nicht anstößig.

Alkohol wurde zum gewählten Rauschmittel Europas und anderer von der europäischen Kultur beeinflusster Länder. Alkohol wurde mit jeder Feier in Verbindung gebracht – Weihnachten, Neujahr, Ostern, Geburtstage und Beerdigungen, Ehen und Jubiläen. Jeder Moment des Glücks musste von Getränken begleitet werden und jeder Moment der Trauer musste in Getränken ertränkt werden.

Im achtzehnten Jahrhundert gab der zunehmende lkoholmissbrauch in verschiedenen Vierteln in verschiedenen Ländern Anlass zur Besorgnis. Wir ziehen jetzt in die USA.

Aufstieg und Fall von Banden in den USA Die großen Banden der USA wurden in den 1820er Jahren geboren und dauerten bis zum Ende des Ersten Weltkriegs an. Sie operierten in zwei Hauptbereichen:

i) Begehen von Gewaltverbrechen; und

ii) Agieren als Tyrannenjungen politischer Maschinen in den Großstädten.

1914 waren diese gewalttätigen Banden fast ausgelöscht.

Einführung der Prohibition in den USA - der Volstead Act von 1919 Nach dem Ende des Ersten Weltkriegs im November 2018 wurde das Alkoholproblem so akut, dass die Amerikaner nach einem Verbot zu schreien begannen. Einige Bundesstaaten waren "trocken", aber der Oberste Gerichtshof entschied, dass der Kongress die ausschließliche Befugnis hatte, den zwischenstaatlichen Verkehr zu regulieren. Daher konnte jeder Likör aus einem benachbarten "nassen" Zustand mitbringen und ihn im "trockenen" Zustand verkaufen, vorausgesetzt, er änderte seine ursprüngliche Verpackung und sein Etikett nicht. Dies führte zur achtzehnten Änderung der Verfassung und zur Verabschiedung des National Prohibition Act (allgemein bekannt als Volstead Act) im Jahr 1919. Das Volstead-Gesetz, das ab 1920 in Kraft trat, verbot die Herstellung, den Transport und den Verkauf von berauschenden Flüssigkeiten, die als jede Flüssigkeit definiert wurden, die mehr als 0,5 Vol.- % Rauschmittel enthielt. Das Volstead-Gesetz legte fest, dass "keine Person berauschende Spirituosen herstellen, verkaufen, tauschen, transportieren, importieren, exportieren, liefern, liefern oder besitzen darf, es sei denn, dies ist durch dieses Gesetz genehmigt", verbot jedoch nicht ausdrücklich den Kauf oder Konsum von berauschenden Spirituosen.

Chicago Gangsters - Alphonse Gabriel Capone Auch Chicago hatte seinen Anteil an kriminellen Banden. Der berühmteste der Chicagoer Bandenführer war Alphonse Gabriel Capone, allgemein bekannt als Al 'Scarface' Capone. Von 1925 bis 1929, nachdem Al Capone nach Chicago gezogen war, genoss er den Status des berüchtigsten Gangsters des Landes. Er kultivierte in der Öffentlichkeit ein gewisses Selbstbild, das ihn zum Thema der Faszination machte. Er trug maßgeschneiderte Anzüge, rauchte teure Zigarren, genoss Gourmet-Essen und -Getränke und genoss weibliche Gesellschaft. Er war besonders für seinen extravaganten und teuren Schmuck bekannt. Al Capone bleibt einer der berüchtigsten Gangster des 20. Jahrhunderts. Er war Gegenstand zahlreicher Bücher, Artikel, TV-Serien und Filme. Mehrere aufeinanderfolgende Gangster haben versucht, ihm nachzueifern.

Al Capone verdiente sich das Anhängsel "Scarface" zu seinem Namen von der riesigen Narbe auf seinem linken Gesicht, die ihm von einem harten Frank Gallucio während einer Auseinandersetzung über ein Mädchen mit einem Messer zugefügt wurde. Al Capone behauptete oft, dass er die Narbenverletzung während des Militärdienstes erhalten habe. Tatsache ist, dass er nie beim Militär war. Und so überraschend dies auch erscheinen mag, in späteren Jahren ernannte Al Capone Gallucio zu seinem persönlichen Leibwächter.

Mafia Entgegen der landläufigen Meinung war Al Capone nicht mit der Mafia verbunden. Das Wort Mafia steht für *Morte Alla Francia Italia Anela* (bedeutet *auf Italienisch Tod für Frankreich ist Italiens Schrei*). Das Akronym Mafia wurde für eine Geheimgesellschaft entwickelt, die in den 1860er Jahren in Sizilien gegründet wurde, um die französischen Streitkräfte zu bekämpfen, die die Freiheit Italiens bedrohten. Später beschäftigte sich die Gesellschaft weniger mit Patriotismus, sondern mehr mit Macht und Geld. Die Mafia wurde in Familien unter strenger disziplinarischer Kontrolle ihrer Führer organisiert. Sie legten einen Schweigeeid ab, dessen Bruch mit dem

Tode bestraft wurde. Mussolini beendete sie fast in den 1930er Jahren. Aber sie halfen den US-Streitkräften 1943 bei der Invasion Siziliens, und die USA gaben ihnen ein neues Leben. Das Wort Mafia wird heute häufig für organisierte Kriminelle verwendet. Al Capone war kein Sizilianer, sondern Italiener. In Wirklichkeit verbrachte er sein ganzes Leben damit, mit der Mafia zu streiten.

Al Capone wurde 1899 in Brooklyn geboren. Er besuchte die Schule bis zur sechsten Klasse, als er seine Lehrerin verprügelte. Im Gegenzug wurde er vom Schulleiter geschlagen und verließ die Schule. Er begann seine Karriere als Geschirrspüler. Schon früh schloss er sich der James Street Gang an, einer Tochtergesellschaft der Five Points Gang – einer größeren Bande, die von einem anderen Italiener, John Torro, angeführt wurde, dem sich später Al Capone anschloss. Als er erst 15 Jahre alt war, erfuhr Al Capone, dass eine Mafia-Bande Geld von seinem Vater erpresste. Al Capone erschoss die beiden Verantwortlichen. Mit der Einführung des Verbots durch den Erlass des Volstead Act im Jahr 1920 wurde die Produktion und der Vertrieb von illegalem Alkohol zum großen Geschäft. Alle Banden ergriffen die neue Gelegenheit und betraten das Geschäft mit illegalem Alkohol.

Die Prohibition Agents – U.S. Die Bundesregierung rekrutierte 1500 Prohibitionsagenten – Beamte, die das Volstead-Gesetz durchsetzen sollten. Die meisten dieser Agenten waren schlecht qualifiziert und ihre Löhne betrugen mickrige 200 US-Dollar pro Monat. Sie wurden sowohl von den Gangstern als auch von der Öffentlichkeit verachtet. Auch die örtliche Polizei hasste sie, weil sie ihnen von der Bundesregierung aufgedrängt worden waren.

Das Wort "Prohibitionsagent" wurde zu einem Abschiedswort für Korruption. Viele Verbotsagenten hielten verschwenderische Lebensstile aufrecht, die sich in auffälligen Autos mit Mädchen an ihrer Seite bewegten. Zwischen 1920 und 1928 entließ das Finanzministerium 706 Verbotsagenten wegen Diebstahls. Captain Dan Chaplin, der damalige Chef der New Yorker Polizei, berief ein Treffen seiner Verbotsagenten ein."Legt beide Hände auf den Tisch", schnappte er, und dann "wird jede einzelne von euch

Söhnen-o-Hündinnen mit einem Diamanten gefeuert." Noch eine Hälfte.

Der Aufstieg von Al Capone Als das Verbot in den USA eingeführt wurde, operierten ein Dutzend großer Banden in Chicago in mehr oder weniger klar abgegrenzten Gebieten. Al Capones Boss, Johnny Torrio, war der Besitzer eines solchen Territoriums.

Das Outfit (auch bekannt als das Chicago Outfit, die Chicago Mafia, der Chicago Mob, die Chicagoer Verbrecherfamilie, die South Side Gang oder The Organization) war eine solche Bande - ein italienisch-amerikanisches Syndikat der organisierten Kriminalität mit Sitz in Chicago, Illinois, aus den 1910er Jahren. Das Outfit kam in den 1920er Jahren unter der Kontrolle von Johnny Torrio an die Macht und die Ära der Prohibition war von blutigen Bandenkriegen um die Kontrolle des Vertriebs von illegalem Alkohol geprägt. Die O'Donnell-Bande begann, Bierwagen von Johnny Torrio zu entführen, was zu Vergeltungsmaßnahmen führte. Torrio rief Al Capone, damals 21, von New York City nach Chicago. Torrio mochte Gewalt eigentlich nicht. Er glaubte mehr an Versöhnung, während Al Capone das Gegenteil tat. Innerhalb von zwei Jahren wurde Al Capone mit den bewährten Zwillingsmethoden von Bestechung und Gewalt sehr mächtig. Er hatte die Kühnheit, in der Öffentlichkeit ohne Angst offen zu töten, weil niemand es wagte, gegen ihn auszusagen. Torrio hatte volles Vertrauen in Al Capone und machte Al Capone praktisch zu seinem Partner.

Es war einfach, Freisprüche in Chicago während der Prohibitionszeit zu erhalten. Al Capone machte Schlagzeilen, indem er Joe Howard, einem Bootlegger, am 8. Mai 1924 in einer überfüllten Bar die Hand schüttelte und dann sechs Kugeln in seinen Körper pumpte. Am nächsten Tag trugen die Zeitungen Al Capones Foto und die Nachricht, dass er Joe Howard ermordet hatte, indem er sechs Kugeln aus einem Revolver in einer überfüllten Bar abfeuerte. Aber ohne weitere Beweise musste die Untersuchungsjury zu dem Schluss kommen, dass Howard mit Kugeln ermordet wurde, die von unbekannten weißen Personen aus einem Revolver abgefeuert wurden.

Al Capone und sein Mentor Johnny Torrio verdienten mindestens eine Million Dollar pro Woche. Im Oktober 1924 kam es zu einem Streit zwischen den Gennas- und O'Banion-Banden. Al Capone und Torrio nutzten diese Gelegenheit und töteten Dion O'Banion am 10. November 1924 in seinem Blumenladen. O'Banions Imperium wurde von Hymie Weiss übernommen. Hymie befahl einen Maschinengewehrangriff auf Al Capones Auto. Al Capone wurde am 12. Januar 1925 überfallen, was ihn erschütterte, aber unverletzt ließ. Zwölf Tage später, am 24. Januar 1925, kehrte Torrio von einem Einkaufsbummel mit seiner Frau Anna zurück. Er wurde mehrmals erschossen. Torrio erholte sich, aber er trat effektiv zurück und übergab die Kontrolle über das Outfit an Al Capone. Al Capone wurde im Alter von 26 Jahren der neue Boss des Outfits.

Am 20. September 1926 UM 13:15 UHR hatte Al Capone gerade sein Mittagessen im ebenerdigen Restaurant im Hawthorne Inn beendet. Ein schwarzes Auto raste die Straße hinunter. Es sah aus wie ein Detektivauto, das vor Gangstern flieht. Eine Person auf dem Trittbrett schoss (Rohlinge – wie später festgestellt wurde) aus einem Thomson-Sub-Maschinengewehr.

Alle sechzig Kunden im Restaurant (einschließlich Al Capone) eilten zum Fenster, um den Spaß zu sehen. Ein Konvoi von zehn Autos im Abstand von jeweils zehn Metern kam plötzlich an und hielt vor dem Hawthorne Inn an. Maschinengewehrschützen stiegen aus den Autos. Al Capones Leibwächter warf ihn unter einen Tisch. Die Maschinengewehrschützen feuerten mehr als tausend Schuss ab. Das Restaurant war in Stücke gerissen. Aber niemand wurde getötet. Al Capone erstattete den Ladenbesitzern von Hawthorne die erlittenen Verluste. Er gab auch 5.000 US-Dollar aus, um den Augenblick eines unschuldigen Passanten zu retten, der im Kreuzfeuer verletzt wurde. Hymie wurde am 11. Oktober 1926 erschossen. Al Capone übernahm das riesige kriminelle Imperium. Er war äußerst rücksichtslos und hat seine Gegner systematisch ausgerottet. Viele flohen. Al Capone, damals erst 26, wurde der mächtigste Verbrecherfürst des Tages und konnte sich rühmen, dass er Chicago besaß. Er hatte über tausend Personen, die unter ihm arbeiteten, mit einer wöchentlichen Gehaltsliste von $ 3,00,000. Am 26. Oktober 1926 rief Al Capone alle Anführer der Chicagoer Bande ins Hotel Sherman zu einem Gangstergipfel. Dies war der erste Gangstergipfel in der Geschichte der Kriminalität. Es wurde ein gegenseitiger Waffenstillstand vereinbart. Chicago und Cook County wurden unter den vier Hauptbanden aufgeteilt. Es gäbe keine weiteren Tötungen! Als Ergebnis dieses Waffenstillstands verdienten alle Geld. Aber Al Capone wurde extrem wohlhabend. Er führte sein Imperium vom Salone 430 aus – einer Sechs-Zimmer-Suite im vierten Stock des Hotels Sherman. Aber schließlich ging die Belegung zurück. Das Hotel Sherman schloss Anfang 1973 seine Pforten. Das Gebäude stand mehrere Jahre lang leer, bis es 1980 abgerissen wurde, um Platz für ein neues Bürozentrum des Staates Illinois zu schaffen.

Die Schmuggler von Chicago hatten direkte Verbindungen zum Bürgermeister. Es wird angenommen, dass Al Capone eine direkte Rolle bei den Siegen des Republikaners William Hale Thompson gespielt hat, der von 1915 bis 1923 Bürgermeister war. Thomson bestritt erneut das Bürgermeisterrennen von 1927. Er setzte sich für eine weit geöffnete Stadt ein und deutete einmal an, dass er illegale Saloons wiedereröffnen würde.

https://en.wikipedia.org/wiki/Al_Capone - cite note-big_bill_232_244-59 Al Capone unterstützte Thompson und leistete angeblich einen Beitrag von 2.50.000 US-Dollar. Thompson schlug William Emmett Dever mit einem relativ geringen Vorsprung.

Diese Wahlen wurden von einem hohen Maß an Gewalt und Transplantationen begleitet. Ein anderer Politiker, Joe Esposito, der ein politischer Rivale von Al Capone wurde, wurde am 21. März 1928 bei einer vorbeifahrenden Schießerei vor seinem Haus getötet.https://en.wikipedia.org/wiki/Al_Capone - cite note-decade-26 Al Capone fuhr fort, Thompson zu unterstützen. Am 10. April 1928, dem Wahltag des sogenannten Pineapple Primary Voting, zielte Al Capones Bomber James Belcastro auf Stände in den Bezirken, in denen Thompsons Gegner vermutlich Unterstützung hatten, was den Tod von mindestens 15 Menschen verursachte. Thompson verließ sein Amt am 9. April 1931. Historiker zählen Thompson zu den unethischsten und korruptesten Bürgermeistern in der Geschichte der USA, vor allem wegen seiner offenen Allianz mit Al Capone.

Trotzdem war Thompson ein beliebter Bürgermeister. Aber seine Popularität brach nach seinem Tod zusammen, als zwei Schließfächer in seinem Namen gefunden wurden, die über 1,8 Millionen Dollar (heute 27,1 Millionen Dollar) in bar enthielten. Als das Geld aufgedeckt wurde, nahm der Internal Revenue Service ihren Anteil an den Steuern, und seine Frau Maysie Thompson lebte von dem verbleibenden Geld bis zu ihrem Tod im Jahr 1958.

Das Nettojahreseinkommen von Al Capone während seiner Blütezeit wurde auf 125 Millionen US-Dollar geschätzt. Al Capone war ein konservativer Familienvater. Er kleidete sich makellos in maßgeschneiderte Seidenhemden. Er spendete großzügig für wohltätige Zwecke und spendete großzügig für verdiente Zwecke. Er besuchte gerne Pressekonferenzen und Premierenaufführungen von Opern und verteilte Tipps in Hundert-Dollar-Scheinen.

Valentinstag-Massaker Anfang 1929 begann Bugs Moran, Sendungen von Al Capone zu stehlen und seine Männer zu bedrohen. Al Capone ordnete seine Eliminierung an. Am Valentinstag, dem 14. Oktober 1929, erschossen Al Capones Männer, die als Polizisten verkleidet waren, eine Reihe von Morans Helfern. Aber Moran hatte Glück. Wegen einiger Verspätung war er nicht am Ort angekommen und überlebte. Niemand wurde jemals für diese Morde angeklagt. Aber Al Capone hatte Morans kriminelle Karriere effektiv beendet. US-Präsident ernennt Al Capone zum Staatsfeind Nr. 1 Al Capone genoss ein Robin Hood-Bild in der Öffentlichkeit. Aber das Valentinstag-Massaker zog viel öffentliche Kritik auf sich. Die amerikanische Öffentlichkeit hatte genug von Al Capone. Das Massaker am Valentinstag war das letzte Strohhalm. Nach dem Massaker am Valentinstag beschloss Walter A. Strong, Herausgeber der Chicago Daily News, seinen Freund, Präsident Herbert Clark Hoover, um eine Intervention des Bundes zu bitten, um Chicagos Gesetzlosigkeit einzudämmen. Am 19. März 1929, nur zwei Wochen nachdem Hoover Präsident geworden war, arrangierte Strong ein geheimes Treffen im Weißen Haus. Frank Loesch von der Chicago Crime Commission und Laird Bell, ein angesehener Anwalt, waren ebenfalls bei der Sitzung anwesend. Sie präsentierten ihren Fall dem Präsidenten. In seinen Memoiren von 1952 hat Präsident Hoover geschrieben, dass Strong argumentierte: "Chicago war in den

Händen der Gangster, dass die Polizei und die Richter vollständig unter ihrer Kontrolle waren...dass die Bundesregierung die einzige Kraft war, durch die die Fähigkeit der Stadt, sich selbst zu regieren, wiederhergestellt werden konnte. Sofort wies ich an, dass sich alle Bundesbehörden auf Herrn Capone und seine Verbündeten konzentrieren sollten."

Präsident Herbert Hoover ernannte Al Capone zum Staatsfeind Nr. 1 und ordnete Maßnahmen gegen ihn an. Verschiedene Flügel der amerikanischen Regierung – das Prohibition Bureau, das Federal Bureau of Investigation, das Justizministerium, das Finanzministerium und andere - diskutierten Mittel und Wege, um Al Capone aus dem Weg zu räumen.

Das Justizministerium zerschlug seine Brauereien und beschlagnahmte seine Lastwagen. Aber diese Verluste hatten kaum Auswirkungen auf Al Capones Imperium. Er war einfach zu groß, um sich von diesen kleinen Verlusten stören zu lassen. Das Finanzministerium hat den Agenten Frank J. Wilson, einen leitenden Ermittler der Special Intelligence Unit, nach ihm geschickt.

Al Capone behauptete, er verdiene weniger als 5.000 US-Dollar pro Jahr, die Schwellengrenze für die Zahlung von Einkommensteuern in den USA, und daher sei sein Einkommen nicht steuerpflichtig. Infolgedessen war er nicht verpflichtet, inkommensteuererklärungen abzugeben oder Einkommenssteuern zu zahlen. Al Capone besaß kein Eigentum in seinem Namen. Er hatte nicht einmal ein Bankkonto auf seinen Namen. Alle seine Vermögenswerte waren im Namen von Benamidars.

Es war schwierig, wenn nicht unmöglich, Einzelheiten über Al Capones Einkommen zu sammeln. Systematisch und mühsam sammelte Frank Wilson Details zu Al Capones Ausgaben. Zwischen 1926 und 1929 beliefen sich seine Ausgaben auf 1.65.000 US-Dollar. Er hatte Möbel im Wert von 25.000 Dollar gekauft, 7.000 Dollar für Anzüge ausgegeben und 40.000 Dollar für Telefonate bezahlt. Diese Beweise reichten aus, um eine Verurteilung zu sichern - allerdings für einen Zeitraum von maximal drei Jahren. Wilson überredete Al Capones Casino-Mitarbeiter, gegen ihn auszusagen. Letztendlich wurde Al Capone am 5. Juni 1931 wegen Nichtzahlung von Steuern auf eine Million Dollar nicht offengelegtem Einkommen angeklagt. Die maximal mögliche Freiheitsstrafe betrug nun dreißig Jahre.

Al Capones Anwälte stimmten zu, sich schuldig zu bekennen, unter der Bedingung, dass er nicht mehr als zwei Jahre Gefängnis bekommen würde. Aber der Richter erfuhr von dieser unheiligen Vereinbarung und weigerte sich, sie anzunehmen. Also wurde Al Capone vor Gericht gestellt. Und trotz anhaltender Drohungen gegen die Geschworenen und Bestechungsangeboten, die zu einer Änderung der gesamten Jury in letzter Minute führten, wurde Al Capone in allen Punkten für schuldig befunden.

Al Capone wegen Steuerhinterziehung inhaftiert Am 17. Oktober 1931 wurde Al Capone, Staatsfeind Nr. 1, angeklagt. Eine Woche später wurde er zu 11 Jahren Haft und einer Geldstrafe von 50.000 US-Dollar plus 7.692 US-Dollar für Gerichtskosten verurteilt. Er wurde auch für 215.000 US-Dollar zuzüglich Zinsen auf seine Steuernachzahlungen haftbar gemacht – die schwerste Strafe, die bis zu diesem Zeitpunkt wegen eines Steuervergehens verhängt wurde. Seine Berufungen wurden abgewiesen. Al Capone, 33 Jahre alt, wurde im Mai 1932 in das US-Gefängnis von Atlanta geschickt. Bei seiner Ankunft in Atlanta wurde bei Al Capone offiziell Syphilis und Gonorrhoe diagnostiziert. Er litt auch an Entzugserscheinungen durch Kokainabhängigkeit, deren Verwendung sein Nasenseptum perforiert hatte. Im Gefängnis wurde er als schwache Persönlichkeit angesehen, und Mitinsassen schikanierten ihn. Sein Zellengenosse, der erfahrene Sträfling Red Rudensky, befürchtete, dass Al Capone einen Zusammenbruch erleiden würde, und er wurde zum Beschützer von Al Capone.

Im August 1934 wurde Al Capone in das kürzlich eröffnete Alcatraz Federal Penitentiary oder United States Penitentiary auf Alcatraz Island, 2,01 km vor der Küste von San Francisco, Kalifornien, USA, verlegt.

Amerikas Flitterwochen mit der Prohibition waren eine komplette Katastrophe gewesen. Das Verbot wurde 1933 durch den einundzwanzigsten Zusatzartikel aufgehoben. Und der verachtete Alkohol wurde zum Getränk der Wahl des Westlers. Um die Geschichte zu vervollständigen, wurde bei Al Capone im

Gefängnis diagnostiziert, dass er an Syphilis leidet. Er wurde am 19. November 1939 auf Bewährung freigelassen, nachdem er 6 ½ Jahre im Gefängnis verbracht hatte. Zu diesem Zeitpunkt hatte die Krankheit das tertiäre Stadium erreicht und er näherte sich dem Wahnsinn. Er lebte weitere sieben Jahre mit seiner Frau in Florida. Sein Ende kam am 25. Januar 1947. Er starb an einer Hirnblutung und wurde im großen Stil in einem Marmormausoleum am Mt. Olive in Chicago. Al Capone gab der Öffentlichkeit, was sie wollte – Drogen, Glücksspiel und Prostitution - und verdiente sich ihre Unterstützung. Obwohl er angeblich den Mord an mindestens 500 Personen befohlen hat und eine gleiche Anzahl in den rivalisierenden Bandenkriegen ums Leben kam, setzte er einen Trend, dem die aufeinanderfolgenden Bandenführer nachzueifern versuchten.

Die Verurteilung von Al Capone hat gezeigt, dass es sehr schwierig sein kann, direkte Beweise für kriminelle Aktivitäten vorzulegen. Es ist viel einfacher, Fälle von Steuerhinterziehung zu verfolgen. Al Capones Verurteilung ließ sogar Kriminelle erkennen, dass es nicht genug war, um illegales Geld zu verdienen, sie müssen das Geld auch waschen. Tatsächlich legten seine Verurteilung und Inhaftierung den Grundstein für die heutige Kunst und Praxis der Geldwäsche.

Was ist mit Capones Reichtum passiert? Einige Leute glauben, dass Capone viel Geld zurückgelassen hat – wahrscheinlich irgendwo versteckt. Und das sagen die Klatschereien und Geschichten. Schließlich hatte er so viel verdient. Das ganze Geld konnte nicht einfach verschwinden! Aber wo hatte er das Geld versteckt?

Marie Capone, Capones Nichte, schrieb, dass ihr Onkel Millionen von Dollar in Banknoten vergraben und versteckt hatte. Aber als er aus dem Gefängnis entlassen wurde, war er psychisch zu krank und konnte sich nicht erinnern, wo er das Geld versteckt hatte.

Es wurden verschiedene Vermutungen und Vermutungen angestellt und Recherchen durchgeführt. Aber das Geld wurde nicht gefunden.

In den frühen 1980er Jahren untersuchte eine lokale Frauenbaufirma namens Sunbow die Möglichkeit, das Lexington Hotel zu restaurieren, das sich bis dahin weit von dem luxuriösen Ort unterschied, den Al Capone bevormundet hatte. Als die Arbeitsmannschaft das Gebäude untersuchte, entdeckte sie einen geheimen Schießstand, der von Al Capones Männern für Zielübungen genutzt worden war, und Dutzende versteckter Tunnel, die mit nahegelegenen Bars und Bordellen verbunden waren und ausgeklügelte Fluchtwege vor Polizeirazzien und Angriffen von Rivalen bieten sollten.

Dies führte zu mehr Interesse am Hotel und lockte den Forscher Harold Rubin in den bröckelnden Altbau. Rubin begann eine sorgfältige Durchsuchung der Räumlichkeiten. Neben der Wiederherstellung vieler unbezahlbarer Artefakte aus den glorreichen Tagen des Hotels stolperte Rubin über scheinbar geheime Tresore, in denen Al Capone einen Teil seines Geldes versteckt hatte. Die Gewölbe, die seit Jahren ein bloßes Gerücht waren, waren so fachmännisch versteckt, dass selbst Al Capones engste Komplizen sie nicht bemerkten.

Rubins Entdeckung wurde in der Chicago Tribune berichtet. Aber seine Forschung wurde bald von der Ankunft von Geraldo Rivera, dem amerikanischen investigativen Journalisten, überschattet, der ankündigte, dass er es tun würde, wenn die geheimen Geldtresore geöffnet würden, und er würde dies live im nationalen Fernsehen tun.

Im April 1986 kamen Rivera und sein Kamerateam nach Chicago. Am 21. April 1986 begannen sie eine Live-Übertragung mit dem Titel „Das Geheimnis von Al Capones Gewölben" aus dem verlassenen Hotel.

Die auf ABC ausgestrahlte Show wurde sensationell vermarktet und von Millionen von Zuschauern gesehen, die erwarteten, einen mit Bargeld aus den 1920er Jahren gefüllten Tresor zu sehen.

Die Besatzung sprengte eine 7.000 Pfund schwere Betonwand in einer Kellerkammer weg, von der angenommen wurde, dass sie ein geheimes Fach verbarg, das Millionen von Dollar enthielt.

IRS-Agenten warteten in der Nähe und waren bereit, ihren Anteil am Bargeld zu beschlagnahmen. Aber als sich der Rauch löste, wurde festgestellt, dass der Tresor nur ein paar leere Flaschen und ein altes Schild enthielt. Wenn es dort jemals Geld gegeben hatte, war es längst verschwunden.

Die TV-Show hatte ein katastrophales Flop-Ende, bleibt aber mit über 30 Millionen Zuschauern das meistgesehene TV-Special der Geschichte.

Das Lexington Hotel gab schließlich im November 1995 „den Geist auf". Zu diesem Zeitpunkt war das 10-stöckige Bauwerk nach Jahren der Vernachlässigung in vollständige Ruinen gefallen und wurde abgerissen. Ein weiteres Kapitel in der Geschichte des Verbrechens in Chicago war für immer geschlossen.

Das Vermögen von Al Capone wird auf 100 Millionen US-Dollar geschätzt. Was ist mit dem Geld? Was ist damit passiert? Nun, es fehlt immer noch. Wenn es überhaupt jemals existiert hat – und vor Jahren nicht ausgegeben wurde, liegt es irgendwo versteckt und wartet darauf, dass eine glückliche Person es findet!

Al Capone kaufte 1928 im Alter von 29 Jahren ein fabelhaftes Herrenhaus in Miami, Florida. Dieses Haus, das jetzt in *93 Palm Island umbenannt wurde,* wurde 1922 erbaut. Er kaufte das Haus im Namen seiner Frau für 40.000 US-Dollar und gab Berichten zufolge 200.000 US-Dollar aus, um das Torhaus, die sieben Fuß hohe Mauer, Suchscheinwerfer, eine Cabana und eine Korallenfelsengrotte zu installieren. Al Capone starb am 25. Januar 1947 im Alter von 48 Jahren in seinem Schlafzimmer in diesem Haus. Das Haus blieb bis 1952 in seiner Familie, als es von seiner Frau Mae Capone verkauft wurde.

Das Haus verfügt über einen Privatstrand, schöne Gärten und ist das beste Anwesen in Miami. Dieses Herrenhaus wurde im Juli 2020 von einer ungenannten Partei für 10,85 Millionen US-Dollar gekauft.

Capones Familie Al Capone heiratete Mary Josephine Coughlin am 30. Dezember 1918 in der St. Mary Star of the Sea Church in Brooklyn, New York. Ihre Eltern waren in den 1890er Jahren getrennt von Irland in die USA eingewandert. Mary war als Mae bekannt. Sie war zwei Jahre älter als ihr Mann. Auf ihrer Heiratsurkunde erhöhte Al Capone sein eigenes Alter um ein Jahr und senkte Maes Alter um zwei Jahre, so dass sie beide 20 Jahre alt erscheinen.

Sie hatten einen Sohn Albert Francis „Sonny" Capone. Schon in jungen Jahren zeigte Sonny Anzeichen von Schwerhörigkeit. Dies war wahrscheinlich auf die Syphilis zurückzuführen, die er von seinen Eltern geerbt hatte. Als Sonny eine Mittelohrentzündung entwickelte, sagten Ärzte in Chicago, dass die Behandlung der Infektion Sonny dauerhaft taub machen würde. Al Capone und Mae reisten von Chicago nach New York, um ihm die beste medizinische Behandlung zu verschaffen. Al Capone wandte sich an einen Arzt in New York City und bot 100.000 US-Dollar an, um seinen Sohn zu behandeln. Der Arzt verlangte die üblichen 1.000 Dollar. Er schaffte es, Sonnys Gehör zu retten, obwohl der Junge teilweise taub wurde. Sonny besuchte die renommierte St. Patrick School in Miami Beach, Florida, wo er sich mit dem jungen Desiderio Arnaz anfreundete, der heute der Welt als Desi Arnaz bekannt ist.

Desi Arnaz und seine Frau Lucille Ball gründeten gemeinsam die Desilu Productions, eine amerikanische Fernsehproduktionsfirma. Dieses Unternehmen ist berühmt für seine erfolgreichen Fernsehsendungen wie I Love Lucy, The Lucy Show, Mannix, The Untouchables, Mission: Impossible und Star Trek.

Sonny ging auf das College in Notre Dame, beendete aber sein Studium an der University of Miami. Sonny hätte wie sein Vater Don werden können, aber seine Mutter überredete Sonny, dem geraden und schwierigeren Weg zu folgen. Als Al Capone starb, war Sonny an der Seite seines Vaters.

Nach der Veröffentlichung der TV-Serie *The Untouchables* reichte Mae eine Klage ein, als ihre Enkelkinder in der Schule gemobbt wurden, weil sie Capone waren.

1966 änderte Sonny seinen Namen in Albert Francis Brown und lebte unter der neuen Identität. Laut seinem Anwalt tat Sonny Capone dies, weil er "es einfach satt hatte, gegen den Namen zu kämpfen". Nachdem er seinen Namen geändert hatte, führte Albert Francis Capone, alias Sonny Capone, alias Albert Francis Brown ein ruhiges, gesetzestreues Leben. Nach dem Tod seines Vaters lebte Sonny weiter in Florida und arbeitete als Lehrlingsdrucker, dann als Reifenhändler und später als Restaurantbesitzer. Sonny ist dreimal verheiratet und hinterlässt zahlreiche Kinder, Enkel und Urenkel. Er starb am 8. Juli 2004 in der winzigen kalifornischen Stadt Auburn Lake Trails. Seine Frau, America "Amie" Francis, erzählte einem Reporter, dass Albert Francis Capone viel mehr war als sein Familienname.

Mae war nicht in Al Capones Erpressungsgeschäft involviert, obwohl sie durch die Handlungen, die Al Capone bei der Verabredung mit anderen Frauen während ihrer Ehe unternahm, verletzt wurde. Sie sagte einmal zu ihrem Sohn: "Tu nicht, was dein Vater getan hat. Er hat mir das Herz gebrochen." Ihr Haar begann auch zu grauen, als sie 28 Jahre alt war, vermutlich aufgrund von Stress in Bezug auf die Situation ihres Mannes.https://en.wikipedia.org/wiki/Mae_Capone_-cite_note-:1-2

Nachdem Al Capone am 24. Oktober 1931 zu 11 Jahren Haft verurteilt wurde, war Mae eine von drei Personen, die ihn im Gefängnis besuchen durften. Die anderen beiden Personen, die Al Capone im Gefängnis besuchen durften, waren seine Mutter und ihr Sohn Sonny.https://en.wikipedia.org/wiki/Mae_Capone_-_cite_note-:3-4 Mae blieb eine hingebungsvolle Frau, die häufig Briefe an ihren Mann schrieb, ihn als "Honig" bezeichnete und sich danach sehnte, dass er nach Hause zurückkehren würde.https://en.wikipedia.org/wiki/Mae_Capone_-_cite_note-:3-4 Sie besuchte ihn auch im Gefängnis und reiste bis zu 3.000 Meilen von ihrem Zuhause in Florida nach Alcatraz, wobei sie normalerweise sehr darauf achtete, ihr Gesicht zu verbergen, um den Paparazzi auszuweichen. Von Al Capones Inhaftierung bis zu seinem Tod war Mae zusammen mit Capones Brüdern und Schwestern für seine Angelegenheiten verantwortlich: Besitztümer, Titel und Habseligkeiten.

Al Capone wurde schließlich aus dem Gefängnis entlassen und kam am 22. März 1940 in ihrem Haus in Florida an. Nach seiner Entlassung aus dem Gefängnis war Mae sein Hauptbetreuer. Er starb am 25. Januar 1947 in ihrem Haus in Miami und wurde auf einem katholischen Friedhof in Hillside, Illinois, begraben. Mae war von seinem Tod verzweifelt und blieb danach aus dem öffentlichen Rampenlicht.

Al Capones Erpressungsgeschäft brachte ihm viel Geld ein. Irgendwann zwischen den Jahren 1920-1921 kaufte er ein Haus in Chicago, in dem Mae und Sonny sowie Mitglieder der Familie Capone untergebracht waren. Mae und Sonny zogen erst 1923 von Brooklyn nach Chicago, um sich Al Capone anzuschließen. Er kaufte auch ein zweites Zuhause für seine Familie in Palm Isle, Florida. Mae schmückte dieses Haus verschwenderisch.https://en.wikipedia.org/wiki/Mae_Capone - cite_note-:02-1

Die Familie besaß mehrere Autos - ein paar Lincoln und ein speziell entworfenes Cabriolet (ähnlich einem Cadillac), das Mae selbst fuhr. Sie lebten bequem und hatten genug Geld, um luxuriös zu leben. Sie wurden einst sogar in ihrem Haus auf Palm Island eingebrochen. Maes Schmuck wurde im Wert von schätzungsweise 300.000 US-Dollar gestohlen.

1936 hob die Bundesregierung ein Steuerpfandrecht in Höhe von 51.498,08 $ auf Capones Anwesen in Miami auf. Dieses Anwesen war im Namen von Mae gekauft worden. Da Al Capone im Gefängnis war, musste sich Mae um das Pfandrecht kümmern. Sie bezahlte es. Im Jahr 1937 reichte sie eine Klage gegen J. Edwin Larsen, den Sammler des Internal Revenue Service, ein, in der sie behauptete, dass das Steuerpfandrecht illegal eingezogen worden sei. Ihr Antrag auf Rückerstattung von 52.103,30 $ wurde abgelehnt.

1959 veröffentlichte Desilu Productions, Inc. eine zweiteilige Serie mit dem Titel *The Untouchables*. In der Serie ging es um Prohibitionsagenten, die Verbrechen bekämpfen. 1960 verklagten Mae, ihr Sohn und Al Capones Schwester Mafalda Maritote Desilu Productions, Inc., Columbia Broadcasting System und Westinghouse Electric Corporation auf Schadensersatz in Höhe von 6 Millionen US-Dollar. Sie behaupteten, die Serie habe ihre Privatsphäre verletzt und ihnen Demütigung und Scham bereitet. Sonny behauptete, dass seine Kinder in der Schule so sehr verspottet worden waren, dass er gezwungen war, zu packen und seine Familie in eine andere Stadt zu verlegen. Das Bundesbezirksgericht und das Bezirksgericht Chicago lehnten die Klage ab. Die Capones legten Berufung beim Obersten Gerichtshof der USA ein. Ihr Einspruch wurde jedoch mit der

Begründung abgelehnt, dass die Datenschutzrechte persönlich seien und sich nicht auf die nächsten Angehörigen erstreckten.

Mae starb am 16. April 1986 im Alter von 89 Jahren in einem Pflegeheim in Hollywood, Florida. Sie wurde in Florida begraben.

Nach Al Capone Die unmittelbare Auswirkung von Al Capones Verurteilung war, dass er nach seiner Inhaftierung aufhörte, Chef zu sein. Die an der Inhaftierung von Al Capone beteiligten Regierungsbeamten stellten dies so dar, als hätten sie das Syndikat der organisierten Kriminalität der Stadt zerschlagen.

Paul De Lucia, bekannt als Paul Ricca, ein italienisch-amerikanischer Gangster, wurde der nominelle oder de facto Anführer des Chicago Outfits. Dort blieb er 40 Jahre. Er war das Gehirn hinter den Operationen von Al Capone und seinen Nachfolgern.

Francesco Raffaele Nitto oder Frank Nitti wurde am 27. Januar 1886 in der kleinen Stadt Angri in der Provinz Salerno in Kampanien, Italien, geboren. Er und seine Mutter wanderten im Juni 1893 in die USA aus. Er war ein Cousin ersten Grades von Al Capone. Um 1913 zog er nach Chicago, arbeitete als Friseur, wo er die Gangster Alex Louis Greenberg und Dion O'Banion kennenlernte.

Nitti kam Torrio zur Kenntnis. Aber unter Torrios Nachfolger Al Capone stieg Nittis Ruf in die Höhe. Nitti leitete den Alkoholschmuggel und -vertrieb von Al Capone, importierte Whisky aus Kanada und verkaufte ihn über ein Netzwerk von Speakeasies rund um Chicago. Nitti wurde einer von Al Capones Top-Leutnants, dem seine Führungsqualitäten und sein Geschäftssinn vertrauten. Da Nittis Vorfahren aus derselben Stadt wie Al Capone stammten, konnte Nitti Al Capone helfen, in die Unterwelt Siziliens und der Camorra einzudringen, wie es Al Capone allein nie konnte.https://en.wikipedia.org/wiki/Frank_Nitti_-_cite_note-7

Am 17. Mai 1929 wurden Al Capone und sein Leibwächter in Philadelphia verhaftet, weil sie versteckte tödliche Waffen getragen hatten. Innerhalb von 16 Stunden wurden sie zu jeweils einem Jahr verurteilt. Al Capone diente seine Zeit und wurde am 17. März 1930 entlassen - in zehn Monaten für gutes Benehmen. Al Capone hielt sehr viel von Nitti und als er 1929 ins Gefängnis kam, nannte er Nitti als Mitglied eines Triumvirats, das das Outfit in seiner Abwesenheit leiten würde. Nitti war Betriebsleiter. Jake "Greasy Thumb" Guzik war Verwaltungsleiter und Tony "Joe Batters" Accardo wurde zum Leiter der Durchsetzung ernannt. Nitti war auch als „Der Vollstrecker" bekannt. Und das war es, was er in den frühen Tagen tat. Aber als er in den Rängen aufstieg, benutzte er Mafia-Soldaten und andere, um Gewalt zu begehen, anstatt es selbst zu tun.

1931 wurden sowohl Al Capone als auch sein Unterboss Frank Nitti wegen Steuerhinterziehung verurteilt und ins Gefängnis gesteckt. Nitti erhielt jedoch eine 18-monatige Haftstrafe, die er im Gefängnis der Vereinigten Staaten in Leavenworth verbüßte; während Al Capone für 11 Jahre weggeschickt wurde. Als Nitti am 25. März 1932 freigelassen wurde, nahm er seinen Platz als neuer Chef des Outfits ein. Weit davon entfernt, zerschlagen zu werden, ging das Outfit weiter, ohne von der Chicagoer Polizei beunruhigt zu werden, auf einer niedrigeren Ebene und ohne die offene Gewalt, die Al Capones Herrschaft geprägt hatte. Nach der Aufhebung des Verbots hatte die organisierte Kriminalität in der Stadt ein geringeres Profil. Die Gangster arbeiteten heimlicher. Prostitution, Erpressung durch Gewerkschaften und Glücksspiel wurden zu Geldmachern für das organisierte Verbrechen in der Stadt, ohne zu einer ernsthaften Untersuchung einzuladen. In den späten 1950er Jahren entdeckten FBI-Agenten eine Organisation, die von Capones ehemaligen Leutnants geführt wurde, die über die Unterwelt von Chicago herrschten.

Stand der Frauen zum 18. Verfassungszusatz – Verbot Es gab Kontroversen unter Frauen in den USA über den 18. Zusatzartikel. Organisationen wie die Women's Christian Temperance Union (WCTU) unterstützten den 18. Verfassungszusatz und kämpften dafür, ihn aufrechtzuerhalten. Diese Organisation wurde als repräsentativ für alle Frauen angesehen und viele gingen davon aus, dass Frauen zu diesem Thema vereint stehen würden. Diese Vorstellung fiel jedoch mit dem Aufstieg der Women's Organization for National Prohibition Reform (WONPR) auseinander.

Beide Gruppen konzentrierten sich auf den Schutz des Hauses, hatten aber radikal unterschiedliche Meinungen darüber, wie dies erreicht werden könnte. Während die WCTU glaubte, dass das Haus vor den Einflüssen des Alkohols geschützt werden müsse, protestierte die WONPR gegen die kulturellen Auswirkungen der Prohibition. Sie sahen die Änderung als Ursache für die erhöhte Kriminalität und eine Haltung des Ressentiments gegen das Gesetz.

Viele glaubten, dass der 19. Verfassungszusatz, der es Frauen erlaubte, zu wählen, die tragende Kraft hinter dem 18. Verfassungszusatz sein würde, aber Frauen waren eine sehr einflussreiche Kraft, um ihn zu stürzen. Während all dieser politischen Unruhen schwieg Mae. Obwohl sie mit einem der größten Namen im Schmuggel verheiratet war, äußerte sie nie eine Meinung zum Verbot. Sie hat sicherlich von der Änderung profitiert, da sie die Nachfrage nach der Arbeit ihres Mannes geschaffen und sie reicher gemacht hat, aber sie hat ihre Ansichten zu dieser Angelegenheit nie in der Öffentlichkeit geäußert. Es wird angenommen, dass sie ihren Sohn Sonny aktiv davon abgehalten hat, in die Fußstapfen seines Vaters zu treten.

Während dieser Zeit nutzten viele Frauen die Gelegenheit, aus der Anonymität auszusteigen und das öffentliche Rampenlicht zu schwächen. Aber Mae suchte Anonymität und vermied die Presse. Selbst als Frauen anderer Gangster herauskamen und Bücher über ihre Erfahrungen mit der Ehe mit Mafiaführern schrieben, schrieb oder veröffentlichte Mae nichts für die Öffentlichkeit. Während andere Frauen für die Beendigung der Prohibition kämpften, kämpfte sie für die Privatsphäre. Sonny starb am 8. Juli 2004 im Alter von 85 Jahren.

In den frühen 1940er Jahren ging eine Handvoll Top-Outfit-Führer ins Gefängnis, weil festgestellt wurde, dass sie Geld aus Hollywood erpressten, indem sie die Gewerkschaften kontrollierten, aus denen Hollywoods Filmindustrie besteht, und den Teamsters Central States Pension Fund manipulierten und missbrauchten. 1943 wurde das Outfit auf frischer Tat ertappt, als es die Hollywood-Filmindustrie erschütterte. Ricca wollte, dass Nitti die Schuld auf sich nimmt. Jahre zuvor, als er 18 Monate im Gefängnis saß (wegen Steuerhinterziehung), hatte Nitti jedoch festgestellt, dass er klaustrophobisch war. Und er beschloss, sein Leben zu beenden, anstatt mehr Gefängnis für die Erpressung Hollywoods zu riskieren. Ricca wurde dann sowohl dem Namen nach als auch tatsächlich zum Chef, wobei Tony Accardo als Unterboss fungierte - der Beginn einer Partnerschaft, die fast 30 Jahre dauerte.

Von 1997 bis 2018 soll das Chicago Outfit von John DiFronzo geleitet worden sein.https://en.wikipedia.org/wiki/Chicago_Outfit_-cite note-45 Ab 2022 soll das Chicago Outfit vom 83-jährigen Salvatore "Solly D" DeLaurentis geleitet werden.

Das Goldene Dreieck

Die beiden wichtigsten Regionen für die Versorgung mit Opiaten auf der ganzen Welt sind das „Goldene Dreieck" und der „Goldene Halbmond".

Seit den 1950er Jahren sind das Goldene Dreieck und der Goldene Halbmond die beiden https://en.wikipedia.org/wiki/Opiumgrößten opiumproduzierenden Gebiete der Welt. Bis zum Beginn des 21. Jahrhunderts stammte der größte Teil des Heroins der Welt aus dem Goldenen Dreieck. Danach hat sich der Goldene Halbmond zum größten Produzenten der Welt entwickelt. Von 1998 bis 2006 ging der Mohnanbau im Goldenen Dreieck nach einer Ausrottungskampagne in der Region um mehr als 80 Prozent zurück. Aber die Produktion synthetischer Drogen hat sich ausgeweitet. Das Goldene Dreieck ist heute einer der weltweit führenden Bereiche für die Herstellung und Lieferung von synthetischen Drogen - insbesondere Methamphetamin.

Khun Sa - König des Goldenen Dreiecks Das Goldene Dreieck umfasst rund 950.000 Quadratkilometer (367.000 Quadratmeilen) unpassierbarer Bergdschungel an der Kreuzung von Myanmar, Laos und Thailand. Dieses Gebiet wird von den Flüssen Mekong und Mae si begrenzt. In diesem Gebiet leben Ureinwohner namens Shan.

Als der chinesische Bürgerkrieg mit der Niederlage der chinesischen Nationalarmee 1949 endete, überquerten Tausende der besiegten Kuomintang-Truppen die Grenze von der Provinz Yunnan nach Myanmar (damals Birma) und betraten dieses unwegsame Gelände. Die USA lieferten ihnen über ein Jahrzehnt lang Waffen und Geld.

In den späten 1950er Jahren verfolgte die Regierung Myanmars diese Menschen und drängte sie nach Thailand und Laos. Die USA stoppten die offene Hilfe, aber die CIA benutzte weiterhin Khun Sa, um Informationen über die Kommunisten zu sammeln, und unterstützte sie daher für die nächsten zwei Jahrzehnte. Die Nationalisten wurden von der Regierung Myanmars verfolgt; und als der größte Teil ihrer Lieferungen eingestellt wurde, begannen die Nationalisten mit dem Anbau von Schlafmohn, der in der Gegend das Hauptnahrungsmittel war.

Khun Sa wurde am 17. Februar 1934 geboren. Sein ursprünglicher Name war Chang Chi Fu. Nach 40 Jahren änderte er seinen Namen Chang Chi Fu in Khun Sa - der burmesische Shan-Dialekt für „Prinz Prosperous". Er benannte seine Gruppe in Shan United Army um und begann zu behaupten, dass er gegen die birmanische Regierung für die Autonomie von Shan kämpfte. Khun Sa war einer der mächtigsten und berüchtigtsten burmesischen Kriegsherren und Drogenbarone. Er war als "Todesfürst" und "König des Goldenen Dreiecks" bekannt.

Khun Sa begann mit der Herstellung und dem Export von Heroin in die USA. Neben der Herstellung von Heroin zum Rauchen stellte er auch Heroin her, das für die intravenöse Injektion geeignet war. Dieses neue, reine Heroin könnte geschnupft oder geraucht werden, wodurch die Verbindung zwischen intravenöser Injektion und HIV-Infektion unterbrochen wird. Allmählich erweiterte er seine Aktivitäten und begann, Heroin nach Bangkok zu transportieren, von wo aus es in verschiedene Länder ging. Khun Sa wurde zu einem der größten Opiumproduzenten der Welt.

Die Gewinne waren riesig. Ein Kilogramm Opiumbasis kostete rund 3.000 Dollar. Aber auf den Straßen holte es bis zu tausendmal mehr. 1978 hatte Khun Sa sogar die Kühnheit, der US-Regierung vorzuschlagen, dass er ihr Heroinproblem lösen könnte, indem er 500 Tonnen Opiumbasis zu einem Preis von 50 Millionen Dollar exportierte.

1980 waren die Amerikaner so verzweifelt, dass sie Khun Sa einen Preis von 25.000 Dollar auf den Kopf legten und die thailändischen Behörden aufforderten, dringend gegen ihn vorzugehen. Im Juli 1981 kündigten die thailändischen Behörden ein Kopfgeld von 50.000 Baht (2.000 US-Dollar) auf seinen Kopf an. Im August wurde diese auf 500.000 Baht (20.000 US-Dollar) angehoben, "gültig bis zum 30. September 1982". Im Oktober 1981 versuchte auf Drängen der US-amerikanischen Drug Enforcement Administration eine 39-köpfige Einheit thailändischer Rangers und lokaler Rebellenguerillas, Khun Sa zu ermorden. Der Versuch schlug fehl und fast die gesamte Einheit wurde ausgelöscht.

1982 starteten die Thais einen massiven Angriff auf die Festung von Khun Sa in Ban Hin Tack, einem kleinen Ort in Chiang Rai, Thailand. Zweitausend Soldaten, die mit Hubschraubertruppen unterstützt wurden, töteten 200 Menschen und beschlagnahmten Tonnen von Ausrüstung. Aber Khun Sa entkam. Nach zwei Jahren kehrte er zurück und wurde nur aktiver als zuvor. Seit Mitte der 1980er Jahre überholte das Goldene Dreieck Mexiko und die Türkei, die traditionellen Heroinlieferanten, und wurde zum weltweit führenden Lieferanten. In den 1980er Jahren stieg unter der Führung von Khun Sa die Opiumproduktion in Burma von 550 auf 2.500 Tonnen – ein Anstieg von unglaublichen 500 Prozent. Aufgrund der steigenden Mohnernte in Burma zwischen 1984 und 1990 stieg der Anteil Südostasiens am Heroinmarkt in New York City von 5 auf 80 Prozent. Bis 1990 kontrollierte Khun Sa über 80 Prozent der birmanischen Opiumproduktion - was ihn zum mächtigsten Drogenboss der Geschichte machte.

Diese Flut von birmanischem Heroin senkte die Preise und erhöhte die Reinheit auf dem US-Drogenmarkt. Zwischen Mitte der 1980er und Mitte der 1990er Jahre stieg das jährliche Heroinangebot in den USA von fünf auf 10-15 Tonnen, wodurch eine erweiterte Bevölkerung von 600.000 amerikanischen Hardcore-Süchtigen aufrechterhalten wurde. Als birmanisches Heroin, auf der Straße als "China White" bekannt, in beispiellosen Mengen landete, sank der Verkaufspreis in New York City von 1,81 $ pro Milligramm im Jahr 1988 auf nur 0,37 $ im Jahr 1994. Gleichzeitig stieg der nationale Durchschnitt für den Heroingehalt von „Straßengeschäften" von nur 7 auf 40 Prozent und erreichte 63 Prozent in New York City und noch höher anderswo. Auf der Straße beschäftigten sich unbekannte Unternehmer – die über die Variablen Preis, Reinheit, Angebot und

Markt verhandelten – mit diesem Angebotsschub, indem sie die Reinheit erhöhten und die Demografie des Medikaments veränderten.

1985 fusionierte Khun Sa seine Shan United Army mit einer anderen Rebellengruppe, dem "Tai Revolutionary Council" von Moh Heng, einer Fraktion der Shan United Revolutionary Army (SURA), die die Mong Tai Army (MTA) bildete. Durch diese strategische Allianz erlangte er die Kontrolle über ein 150 Meilen langes Thai-Burma-Grenzgebiet von seiner Basis in Ho Mong, einem Dorf in der Nähe von Mae Hong Son, nach Mae Sai.

Im Dezember 1989 klagte eine US-amerikanische Grand Jury Khun Sa in Abwesenheit an, weil er zwischen 1986 und 1988 versucht hatte, 1.500 Kilogramm Heroin in die USA zu schmuggeln. So lange er in seinem Heimatland war, machte das alles für Khun Sa wenig Unterschied. Seine einzige Sorge war die Angst vor Entführung, gefolgt von einem Prozess in den USA, wie es im Fall der lateinamerikanischen Drogenhändler geschehen war.

In den frühen 1990er Jahren machte die amerikanische Populärkultur dieses billigere, „sichere" Heroin zum Symbol einer entfremdeten Authentizität. Kultfiguren wie Curt Cobain und River Phoenix wurden zu prominenten Heroinabhängigen eines jungen Jahrzehnts. Im Mai 1996 veröffentlichte das Rolling Stone Magazine einen Artikel über das Problem mit dem Titel "Rock & Roll Heroin", in dem Dutzende von Megastars mit wichtigen Gewohnheiten aufgelistet wurden.

Khun Sa führte die Shan United Army (auch bekannt als Mong Tai Army oder MTA) an, die aus 20.000 Köpfen bestand. Er behauptete, die Opiummohnbauern für die Finanzierung des Unabhängigkeitskampfes des Shan-Volkes zu besteuern. 1993 erklärte Khun Sa die Unabhängigkeit für seinen nördlichen Shan-Staat.

Khun Sa und seine Helfer, meist enge Verwandte, führten ihr Reich aus dem Dorf Wan Ho Mong, das etwa neun Kilometer von der thailändischen Grenze entfernt liegt. 1994 war besonders schlecht für Khun Sa. Es herrschte starker Luftzug. Und in dem Bemühen, internationales Wohlwollen zu gewinnen, startete die Armee

Myanmars eine anhaltende Offensive gegen Khun Sa. Sie zerstörten seine Labore und verschärften die Grenze, was es ihm zunehmend erschwerte, die Drogen aus Myanmar zu schmuggeln. Die Armee Myanmars setzte die Offensive gegen Khun Sa im Jahr 1995 fort. Am 22. November 1995 gab Khun Sa bekannt, dass er das Kommando über die Shan United Army aufgegeben habe. Am 2. Januar 1996 übernahmen die Truppen Myanmars die Kontrolle über Wan Ho Mong, das Hauptquartier der Shan United Army. Khun Sa ergab sich der Militärjunta Myanmars. Politische Beobachter spekulierten, dass der friedliche Einmarsch der Streitkräfte in Wan Ho Mong und die unblutige Kapitulation von Khun Sa darauf hindeuteten, dass all dies auf eine vorverhandelte Vereinbarung zurückzuführen war und dass die Armee Myanmars Khun Sa Amnestie und eine Garantie gegen Auslieferung angeboten hatte. Bis zum 28. Januar 1996 hatten sich 11.739 Mitglieder der Shan United Army ergeben. Am 4. Januar 1996 bot die US-Regierung eine Belohnung von 2,00.000 US-Dollar für Informationen an, die zur Verhaftung und Verurteilung von Khun Sa führten. Die politischen Beobachter hatten Recht, als am 9. Februar 1996 U. Ohn Gyaw, der Außenminister Myanmars, offiziell ankündigte, dass seine Regierung Khun Sa nicht an die USA ausliefern würde. Es wurde jedoch nicht erwartet, dass die Kapitulation von Khun Sa den Opiumexport verringern würde. Drogenhändler wie Chao Nyi Lai und andere zogen einfach in die von ihm geschaffene Leere.

Am 5. Januar 1996 gab Khun Sa die Kontrolle über seine Armee auf und zog mit einem großen Vermögen[https://en.wikipedia.org/wiki/Khun_Sa - cite note-Lintner-16](https://en.wikipedia.org/wiki/Khun_Sa) und vier jungen Shan-Mätressen nach Rangun.[https://en.wikipedia.org/wiki/Khun_Sa - cite note-Economist-7](https://en.wikipedia.org/wiki/Khun_Sa) Nach der Kapitulation von Khun Sa ging die Opiumproduktion im Goldenen Dreieck zurück und die Opiumproduktion im Goldenen Halbmond stieg dramatisch an. Nach seiner Pensionierung wurde Khun Sa ein prominenter lokaler Geschäftsmann mit Investitionen in Yangon, Mandalay und Taunggyi.[https://en.wikipedia.org/wiki/Khun_Sa - cite note-Lintner-16](https://en.wikipedia.org/wiki/Khun_Sa) Er bezeichnete sich selbst als „gewerblichen Immobilienmakler mit einem Fuß in der Bauwirtschaft". Er leitete eine große Rubinmine und investierte in eine neue Autobahn, die von Yangon nach Mandalay führt. Während er in Yangoon lebte, behielt Khun Sa ein niedriges Profil. Seine Bewegungen und Kommunikation mit der Außenwelt wurden von der birmanischen Regierung eingeschränkt, und seine Aktivitäten wurden vom birmanischen Geheimdienst überwacht.

Am 31. Mai 1999 wurde berichtet, dass Khun Sa seit einigen Monaten gelähmt war. Er bedauerte auch seine Entscheidung, sich im Dezember 1995 den birmanischen Behörden zu ergeben. Khun Sa starb am 26. Oktober 2007 in Yangon im Alter von 73 Jahren. Obwohl er an Diabetes, Bluthochdruck und Herzerkrankungen gelitten hatte, ist die Ursache seines Todes nicht bekannt. Er wurde vier Tage nach seinem Tod eingeäschert. Seine sterblichen Überreste wurden auf dem Yayway Cemetery, North Okkalapa, Yangon, Myanmar, begraben. Kurz nach dem Tod von Khun Sa wurde im November 2007 in seiner ehemaligen Hochburg in Thailand, Thoed Thai, nahe der Grenze zu Myanmar, ein Denkmal für ihn abgehalten. Als die Einheimischen gefragt wurden, warum sie Khun Sa geehrt haben, sagten sie, dass er bei der Entwicklung der Stadt geholfen habe. Er baute die ersten asphaltierten Straßen in der Gegend, die erste Schule und ein gut ausgestattetes Krankenhaus mit 60 Betten, das von chinesischen Ärzten besetzt war.https://en.wikipedia.org/wiki/Khun_Sa_-_cite_note-Lintner071-2 Er baute ein Wasserkraftwerk, aber nach seiner Abreise wurde der Bau dieses Projekts gestoppt. Er baute auch einen 18-Loch-Golfplatz für ausländische Besucherhttps://en.wikipedia.org/wiki/Khun_Sa_-_cite_note-Lin412-34 und eine funktionierende Wasser- und Elektroinfrastruktur. Die lokalen thailändischen Behörden sorgten dafür, dass die Zeremonie relativ einfach und unauffällig blieb.

Khun Sa war mit Nan Kyayon (gestorben 1993) verheiratet, mit der er acht Kinder hatte - fünf Söhne und drei Töchter. Alle Kinder von Khun Sa wurden im Ausland unterrichtet. Als Belohnung für seinen Ruhestand und seinen Umzug nach Yangon erlaubte die Regierung seinen Kindern, Geschäftsinteressen in Myanmar zu führen und zu betreiben. Zum Zeitpunkt seines Todes leitete sein Lieblingssohn ein Hotel und Casino in der Grenzstadt Tachilek, während eine seiner

Töchter eine etablierte Geschäftsfrau in Mandalay war. Alle seine Kinder sind in respektablen Betrieben beschäftigt.

Der Shan-Staat stellt die wichtigste Opium produzierende Region in Myanmar dar und machte im Jahr 2020 82 % (331 Tonnen) der Gesamtproduktion des Landes (405 Tonnen) aus. Seit 2015 ist der Mohnanbau Jahr für Jahr zurückgegangen. Im Jahr 2020 ging der Anbau im Shan-Staat um weitere 12 % zurück, wobei die Kürzungen in Ost-, Nord- und Süd-Shan um 17 %, 10 % bzw. 9 % gegenüber dem vorherigen Niveau im Jahr 2019 zurückgingen.

Gemäß der Verfassung von Myanmar von 2010 ist der Shan-Staat (allgemein bekannt unter seinem einheimischen Namen Muang Tai) jetzt ein Staat der Republik der Union von Myanmar (Burma) mit einer eigenen Regierung. Die ersten allgemeinen Wahlen fanden im November 2010 statt und die erste Regierung wurde 2011 gebildet. Die Fläche des Shan-Staates beträgt 155.801,3 Quadratkilometer (60.155,2 Quadratmeilen). Die Einwohnerzahl beträgt 5.824.432 (2014).

Wa State und Chao Nyi Lai Der Wa-Staat ist der Name des Wa-Landes, der natürlichen und historischen Region, die hauptsächlich von den Wa-Stammesvölkern bewohnt wird. Das Gebiet nördlich und östlich des Territoriums von Khun Sa wird vom Stamm der Wa bewohnt. Der Bundesstaat Wa ist in nördliche und südliche Regionen unterteilt, die voneinander getrennt sind.

Am 17. April 1989 trennten sich ethnische Wa-Soldaten von der Kommunistischen Partei Burmas und gründeten die United Wa State Army (UWSA), die aus schätzungsweise 20.000 – 25.000 Wa-Soldaten unterhttps://en.wikipedia.org/wiki/United_Wa_State_Army -cite_note-JanesDefence-2 https://en.wikipedia.org/wiki/Wa_people der Führung von Bao Youxiang bestand, und beendeten den langjährigen kommunistischen Aufstand in Burma.https://en.wikipedia.org/wiki/United_Wa_State_Army -cite_note-10 Am 9. Mai 1989 unterzeichnete die birmanische Regierung ein Waffenstillstandsabkommen mit der UWSA, das den Konflikt offiziell beendete. Das Waffenstillstandsabkommen ermöglichte es der United Wa State Army, ihre logistischen Operationen mit dem burmesischen Militär, einschließlich des Drogenhandels in das benachbarte Thailand und Laos, frei auszuweiten.https://en.wikipedia.org/wiki/United_Wa_State_Army - cite_note-24

Die United Wa State Army wurde von Chao Ngi Lai (1939-2009) und später von Bao Youxiang gegründet und geführt. Es wird stark von China unterstützt, das es mehr unterstützt als die Regierung von Myanmar.

Die Wa haben auch Hoffnungen auf Unabhängigkeit genährt. Aber im Gegensatz zu den Shans waren ihre Beziehungen zu Myanmar recht herzlich. Tatsächlich waren die Beziehungen aller Drogenbarone, außer Khun Sa, zum Militär immer recht herzlich. Früher war es üblich, dass die Drogenhändler mit den Militärgenerälen Myanmars in Yangon Golf spielten.

Die United Wa State Army (UWSA) war zuvor die größte Drogenhandelsorganisation in Südostasien. Die UWSA kultivierte https://en.wikipedia.org/wiki/Opium auf weiten Flächen Schlafmohn, der später zu Heroin veredelt wurde. Der Handel mit Methamphetamin war auch für die Wirtschaft des Staates Wa wichtig. Das Geld aus dem Opium wurde in erster Linie für den Kauf von Waffen verwendet.

Im August 1990 begannen Regierungsbeamte mit der Ausarbeitung eines Plans zur Beendigung der Drogenproduktion und des Drogenhandels im Bundesstaat Wa. Bao Youxiang und Zhao Nyi-Lai gingen in den Autonomen Kreis Cangyuan Va in China und unterzeichneten mit lokalen Beamten das Cangyuan-Abkommen, in dem es hieß: "Keine Drogen werden in die internationale Gesellschaft gelangen (aus dem Staat Wa); keine Drogen werden nach China gelangen (aus dem Staat Wa); keine Drogen werden in birmanische staatlich kontrollierte Gebiete gelangen (aus dem Staat Wa)." https://en.wikipedia.org/wiki/Wa_State - cite_note-32 In der Vereinbarung wurde jedoch nicht erwähnt, ob der Staat Wa Drogen an aufständische Gruppen verkaufen könnte oder nicht.

Bis 1996 war die United Wa State Army in einen Konflikt mit der Shan Mong Tai Army unter der Führung des Drogenbarons Khun Sa verwickelt. Während dieses Konflikts besetzte die Wa State Army Gebiete in der Nähe der thailändischen Grenze und erhielt die Kontrolle über zwei separate Gebiete nördlich und südlich von Kengtung. 1997 verkündete die United Wa State Party offiziell, dass Wa State bis Ende 2005 drogenfrei sein würde.https://en.wikipedia.org/wiki/Wa_State - cite note-fenghuang-31 Mit Hilfe der Vereinten Nationen und der chinesischen Regierung verlagerten viele Opiumbauern im Wa-Staat auf die Produktion von Gummi und Tee. Einige Mohnbauern kultivierten jedoch weiterhin Opiummohn außerhalb des Staates Wa.

Die birmanische Regierung hat damit begonnen, Maßnahmen zu ergreifen, um die Produktion solcher Medikamente zu verringern. Dies war jedoch aufgrund der Korruption auf hoher Regierungsebene und der mangelnden Infrastruktur für die Durchführung von Operationen eine mühsame Aufgabe.https://en.wikipedia.org/wiki/Wa_State - cite note-34 Im Jahr 2005 erklärte die UWSP den Staat Wa zu einer „drogenfreien Zone" und der Anbau von Opium wurde verboten.

Opiumaufstriche Nach einer Ausrottungskampagne im Goldenen Dreieck ging der Mohnanbau in der Gegend von 1998 bis 2006 um mehr als 80 Prozent zurück. Beamte des Büros der Vereinten Nationen für Drogen- und Verbrechensbekämpfung haben bestätigt, dass die Opiummohnproduktion seit 2014 zurückgegangen ist, die Produktion synthetischer Drogen jedoch gestiegen ist. Darüber hinaus hatte sich der Opiumanbau nach und nach auf der ganzen Welt ausgebreitet.
Am 1. Januar 2009 gab die UWSA ihr Territorium als "Wa State Government Special Administrative Region" bekannt.https://en.wikipedia.org/wiki/United_Wa_State_Army - cite note-5 Bao Youxiang wurde de facto Präsident und Xiao Minliang Vizepräsident. Obwohl die Regierung von Myanmar die Souveränität des Staates Wa nicht offiziell anerkennt, hat sich die Tatmadaw (Streitkräfte Myanmars) häufig mit der UWSA verbündet, um gegen nationalistische Milizen des Shan wie die Shan State Army - South zu kämpfen.https://en.wikipedia.org/wiki/United_Wa_State_Army - cite note-8

Obwohl der Wa-Staat de facto von Myanmar unabhängig ist, erkennt er offiziell die Souveränität Myanmars über sein gesamtes Territorium an. 1989 unterzeichneten die beiden Parteien ein Waffenstillstandsabkommen und 2013 ein Friedensabkommen.

Wei Hsueh-kang Wei Hsueh-kang war die Mitte von drei Brüdern. Sie waren mit dem Kuomintang-CIA-Spionagenetzwerk entlang der Yunnan-Grenze verbunden, bis die birmanischen Kommunisten sie in den 1970er Jahren vertrieben. Der älteste Bruder ist inzwischen verstorben.

Wei Hsueh-kang schloss sich anschließend der Mong Tai Army (MTA) des verstorbenen Drogenbarons Khun Sa an und wurde Schatzmeister von Khun Sa. Wei wurde später von Khun Sa kurzzeitig festgehalten. Nachdem er von Khun Sa freigelassen worden war, floh Wei nach Thailand und reiste später nach Taiwan. Nach der Trennung von Khun Sa gründeten Wei und seine Brüder ein Heroin-Imperium in Thailand entlang der thailändischen Grenze zu Myanmar und verdienten ein Vermögen. Er soll auch an der Tötung einiger Männer von Khun Sa in einem Rachefeldzug in Nordthailand beteiligt gewesen sein.

1986 wurde Wei in Thailand verhaftet und inhaftiert. Er wurde zum Tode verurteilt. Aber er entkam und kehrte nie ins Land zurück. In Thailand war er als Prasit Chiwinnitipanya bekannt, aber seine thailändische Staatsangehörigkeit wurde schließlich widerrufen.

1989, als die Wa-Rebellen einen Waffenstillstandsvertrag mit der Junta von Myanmar, damals bekannt als State Law and Order Restoration Council (SLORC), erreichten, kehrte Wei nach Panghsang zurück. Er finanzierte die Wa-Führung, die zu dieser Zeit ausgehungert war und Hilfe in Höhe von mehreren Millionen Dollar suchte, um die Wa-Region und ihre Armee wieder aufzubauen.

Wei, einer der Gründer der UWSA, wurde zu einem der prominentesten Mitglieder des Politbüros. Ein erfahrener Beobachter beschrieb ihn als den "Geldautomaten" der Wa.

Seit 1993 haben die USA als Heroinhändler eine Belohnung in Höhe von 2 Millionen US-Dollar (2,7 Milliarden Kyats nach heutigem

Stand) für Informationen angeboten, die zu Wei's Gefangennahme oder Tod führten.

Zu einer Zeit diente Wei als Kommandeur in der UWSA und half myanmarischen Truppen, die Hochburg von Khun Sa anzugreifen, die sich 1996 schließlich der Junta ergab. Wei durfte die Kontrolle über diesen MTA-Bereich übernehmen.

In jedem Fall gab der Waffenstillstand mit dem Regime der Wa und anderen ethnischen Milizen, die in der Gegend operierten, einschließlich der Kokang-Aufständischen, die Möglichkeit, eine der größten Drogenoperationen in Südostasien zu entwickeln.

1998, neun Jahre nachdem die Wa-Führer einen Waffenstillstand mit dem SLORC unterzeichnet hatten, gründete Wei mit Einnahmen aus dem Drogenhandel die Hong Pang Group mit Sitz in Panghsang.

Die Hong Pang Group investierte in Baugewerbe, Landwirtschaft, Edelsteine und Mineralien, Erdöl, Elektronik und Kommunikation, Destillerien und Kaufhäuser. Die Hong Pang Group eröffnete Büros in Yangon, Mandalay, Lashio, Tachilek und Mawlamyine. Die Hong Pang Group fungierte als kommerzieller Flügel der UWSA und entwickelte sich zu einem der größten Konglomerate in Myanmar. Sie führte auch eine der größten Geldwäscheaktivitäten in Südostasien durch.

Im Jahr 2012 wurde die Hong Pang Group in Thawda Win Co. Ltd. umbenannt und ist weiterhin an mehreren Großprojekten in Myanmar beteiligt. Die Einnahmen des Unternehmens unterstützen auch die Geschäftstätigkeit der UWSA in Panghsang. Eines der Projekte, die das Unternehmen kürzlich durchgeführt hat, ist die Autobahn Taung Gyi-Meikktila-Tachilek. Andere Unternehmen, die von Wa-Führungskräften und Tycoons geführt werden, sind Banken und Fluggesellschaften.

Wei weiß, dass er von den USA und Thailand gesucht wird. Die meiste Zeit verbringt er in China und entlang der Grenze zu Myanmar. Er lässt nicht zu, dass seine Fotos veröffentlicht werden.

Lao Ta Saenlee - Großvater der Drogenkriegsherren des Goldenen Dreiecks Lao Ta Saenlee ist der älteste überlebende Mitarbeiter von Khun Sa. Überraschenderweise erwarb er eine wohlwollende Aura des Kampfes gegen Drogenmissbrauch. Am 12. Juni 2003 wurden Lao Ta, 63, vermutlich ein Schlüsselleutnant von Wei Hsueh-Kang, dem größten Drogenbaron im Goldenen Dreieck, und seine beiden Söhne Vijan, 28, und Sukasem, 24, in der Provinz Chiang Mai, 700 km nördlich von Bangkok, verhaftet. Für die nächsten vier bis fünf Tage wurden Lao Ta und seine beiden Söhne nach Chiang Rai und Chiang Mai geflogen und in Pressekonferenzen von Regierungsbehörden vorgeführt und dann zurück nach Bangkok geflogen. Die Regierung wollte aus der Verhaftung eine große Geschichte machen.

Lao Ta sah sich vier verschiedenen Anklagen ausgesetzt: illegaler Besitz von 336 g Heroin, Handel mit 400 kg Heroin mit der Absicht, es nach Malaysia zu verkaufen, Anstellung eines Schützen, um einen Mann im Fang-Bezirk von Chiang Mai zu ermorden, und illegaler Besitz von Schusswaffen und Munition.

Bis 2007 wiesen die Gerichte die Anklage wegen Drogenhandels und versuchten Mordes wegen unzureichender Beweise aufgrund widersprüchlicher Aussagen von Zeugen der Staatsanwaltschaft ab. Lao Ta wurde wegen illegalen Waffenbesitzes zu einer 18-monatigen Haftstrafe verurteilt. Aber zu diesem Zeitpunkt hatte er bereits vier Jahre im Gefängnis verbracht - von 2003-2007.

Lao Ta lebte in Ban Huai San nahe der Grenze zwischen Thailand und Myanmar. In den Büchern der Regierungsbehörden war Lao Ta offenbar eine wohlwollende Person - Teil eines Programms, um Dörfer zu entwickeln und Menschen von Drogen fernzuhalten. Er wurde zweimal von der Provinz Chiang Mai als bester Dorfvorsteher ausgezeichnet. "Jede Woche warne ich unsere Jugend vor den Gefahren von Drogen", pflegte er zu sagen.

Aber in seinem winzigen Dorf lebte Lao Ta ein sehr luxuriöses Leben. All dies führte er auf seine 200 Hektar Litschi- und Teeplantagen zurück. Er hatte ein riesiges und luxuriöses Herrenhaus. Ein BMW Auto. Ein neues Herrenhaus im europäischen Stil, das kurz vor der Fertigstellung auf dem Hügel steht. Sein Wohnsitz in Fang. Häuser in Chiang Mai und 2 Millionen Dollar auf der Bank. Er besaß auch einen kleinen Supermarkt und eine Tankstelle an der nahe gelegenen Hauptstraße. Er besaß auch 23

Ehefrauen, die jüngste war 18 Jahre alt. »Sie halten mich jung«, pflegte er zu erklären. Er trug eine mit Diamanten besetzte Rolex-Armbanduhr. Lao Ta gab zu, dass er früher Opiumhändler war, mit Verbindungen zum ehemaligen Drogenkriegsherrn Khun Sa, aber er bestand darauf, dass seine Hände heute sauber waren.

Die Polizei schickte eine Polizistin in Zivil, um den Drogenmakler von Lao Ta zu kontaktieren und etwa ein Kilogramm Crystal Meth zu bestellen. Lao Ta lieferte es an einer Tankstelle, die ihm gehörte, und seine Frau erhielt die vereinbarte Zahlung von 550.000 Baht.

Die Polizei erteilte später einen größeren Auftrag über 18,8 kg und erhielt 11 Millionen Baht. Die Polizei verhaftete Lao Ta, seine Familie und Mitarbeiter am 11. Oktober 2016 während der Lieferung der Droge an der Tankstelle. Die Polizei beschlagnahmte auch militärische Schusswaffen und Munition von ihnen.

Lao Ta, 80, und vier weitere - seine Frau Asama, 70; Frau Rapeekan Saimul, 60; sein Sohn Wicharn Saenlee, 43, ein ehemaliger Kamnan des Tambon Tha Ton; und Burameee Barameekuakul, 40, alle aus Chiang Mai - wurden 2016 in Chiang Mai verhaftet.

und des Drogenhandels und des illegalen Besitzes von Schusswaffen angeklagt.

Am 13. Dezember 2017 befand das Strafgericht die fünf Angeklagten des Drogenhandels und der Waffenanklage für schuldig. Lao Ta und seine Frau gestanden. Das Gericht wandelte seine Todesstrafe in eine lebenslange Haftstrafe um und reduzierte die lebenslange Haftstrafe seiner Frau auf 25 Jahre. Das Paar wurde mit einer Geldstrafe von jeweils 2,5 Millionen Baht belegt. Das Berufungsgericht bestätigte die Urteile der Vorinstanz. Dies war das letzte Kapitel einer der buntesten und ältesten Figuren des Goldenen Dreiecks. Lao Ta war über 60 Jahre mit dem Drogengeschäft verbunden.

Yaba - illegale Amphetamine   Opium und Heroin wurden durch Yaba - illegale Amphetamine - ersetzt. Hunderte von Millionen Yaba-Tabletten werden in Fabriken in dem Gebiet hergestellt, das von der United Wa State Army (UWSA) von Wei kontrolliert wird. Diese strömen über die Grenze von Myanmar nach Thailand und darüber hinaus. Die Geißel fängt Millionen von Nutzern ein, korrumpiert

Regierungsbeamte und untergräbt die thailändische Gesellschaft. Die thailändische Anti-Drogen-Politik ist kläglich gescheitert.

Im August 2021 verabschiedete das thailändische Parlament ein neues Betäubungsmittelgesetz, das Prävention und Behandlung anstelle von Bestrafung für kleine Drogenkonsumenten betont und strengere Maßnahmen gegen die organisierte Kriminalität einführte, was zu einem Rückgang der Zahl der Insassen in den überfüllten thailändischen Gefängnissen führen könnte.

Das Gesetz, das ursprünglich vom Kabinett von Premierminister Prayuth Chan-ocha im Jahr 2019 verabschiedet wurde, konsolidiert mehr als 20 bestehende Gesetze in Bezug auf Betäubungsmittel, von denen einige seit den 1970er Jahren unverändert geblieben sind. Diese reichen von Gesetzen und Strafen im Zusammenhang mit Drogenbesitz, -schmuggel und -verteilung bis hin zur Beschlagnahme von Vermögenswerten im Zusammenhang mit Drogen und organisierter Kriminalität.

Chatchawan Suksumjit, ein Senator, der den Vorsitz eines thailändischen Gemischten Parlamentarischen Ausschusses führte, der die Änderungen der neuen Betäubungsmittelgesetze beaufsichtigte, erklärte: "Das neue Gesetz verschiebt sich von dem alten Konzept, das nur die Unterdrückung betont, weil mehr Unterdrückung nicht zur Ausrottung von Drogen geführt hat".

"Die Bestrafung wird nun zwischen niedrigen Ebenen aufgeteilt, was bedeutet, dass Drogenkonsumenten systematisch behandelt und nicht ins Gefängnis gebracht werden, während hochrangige Straftäter härter bestraft werden", erklärte er.

Nach offiziellen Angaben sind derzeit achtzig Prozent von mehr als 300.000 Insassen im thailändischen Strafvollzug wegen Drogendelikten inhaftiert.

Der thailändische Justizminister Somsak Thepsuthin sagte zuvor, dass die neue Gesetzgebung zu einer reduzierten Verurteilung von fast 50.000 Häftlingen führen wird, nachdem sie Gesetz geworden ist.

Jeremy Douglas, Vertreter des Büros der Vereinten Nationen für Drogen- und Verbrechensbekämpfung (UNODC) in Südostasien und im Pazifik, bezeichnete das neue Gesetz als "positiv".

"Es sollte natürlich die Gefängnisbevölkerung senken, die sich auf einem extremen Niveau befindet", sagte Jeremy. "Das ist groß für das Land und die Region." Am 9. Juni 2022 legalisierte Thailand als erstes Land in Asien Cannabis. Es verhängt auch die Todesstrafe für bestimmte Drogendelikte (obwohl es seit über 10 Jahren keine einzige Hinrichtung wegen eines Drogendelikts gegeben hat). Der gegenwärtige Trend geht dahin, die Inhaftierung zu reduzieren und eine gesundheitliche Reaktion auf Drogenkonsum zu ermöglichen).

Sam Gor und Tse Chi Lop Es wird angenommen, dass Sam Gor, auch bekannt als "The Company", eines der wichtigsten internationalen Verbrechersyndikate ist, das für die gegenwärtigen Operationen verantwortlich ist.https://en.wikipedia.org/wiki/Golden_Triangle_(Southeast_Asia) - cite note-18 Diese Gruppe besteht aus Mitgliedern von fünf verschiedenen Triaden und wurde von Tse Chi Lop, einem in Guangzhou, China, geborenen Gangster, angeführt. Tse Chi Lop wurde am 22. Januar 2021 auf dem Amsterdamer Flughafen Schiphol verhaftet. Mehr über ihn im nächsten Kapitel. Es wird angenommen, dass Sam Gor 40% des asiatisch-pazifischen Methamphetaminmarktes kontrolliert, während er gleichzeitig den Handel mit

heroin und Ketamin. Neben Myanmar ist das Syndikat in mehreren Ländern aktiv, darunter Thailand, Laos PDR, Neuseeland, Australien, Japan, China und Taiwan. Das Syndikat verdient bis zu 8 Milliarden US-Dollar pro Jahr.

Experten schätzen, dass die Drogenproduktion und der Drogenhandel in der Region im Jahr 2019 Gewinne von mindestens 71 Milliarden US-Dollar erwirtschafteten, wobei Methamphetamin 61 Milliarden US-Dollar ausmachte, das Vierfache dessen, was es vor sechs Jahren war. Heute ist die Produktion und der Handel mit Methamphetamin das finanzielle Rückgrat der transnationalen organisierten Kriminalität und der ethnischen bewaffneten Gruppen, mit denen sie sich zusammenschließen, um autonome Gebiete in Myanmar zu kontrollieren und Konflikte und Unsicherheit im Land und entlang seiner Grenzen, einschließlich der Grenze zu Thailand, zu schüren.

Tse Chi Lop Asiens größter Drogenbaron

Was ist mit den Drogenbaronen im östlichen Teil der Welt? Gibt es niemanden, der mit Pablo Escobar, Joaquin "El Chapo" Guzman und anderen aus Kolumbien und Mexiko konkurrieren kann? Gibt es! Aber sie bleiben unauffällig und sind nicht viel bekannt. Die letzte erfolgreiche Strafverfolgung und Verurteilung eines asiatischen Top-Drogenbarons Ng Sik-ho erfolgte im Mai 1975.

Ng Sik-ho - Hongkonger Drogenboss und Triadenboss

Ng Sik-ho, geboren 1930, war teochewischer Herkunft. Ng erhielt seinen Spitznamen "Crippled Ho" oder "Limpy Ho" nach einer Beinverletzung, die er sich in einem Straßenkampf zugezogen hatte. Die Medien nannten ihn Mr. Big. Während der großen chinesischen Hungersnot in den 1960er Jahren schlich er sich vom chinesischen Festland nach Hongkong.

Ng war ab 1967 in das illegale Geschäft mit Opium und Morphium involviert. Er war mit Cheng Yuet-ying verheiratet, der auch aktiv am Drogenhandel beteiligt war.https://en.wikipedia.org/wiki/Ng_Sik-ho_-_cite_note-KS1975-3 Ng baute ein Drogenimperium auf, das Hongkong, Macau, Thailand, Taiwan, Singapur, Großbritannien und Amerika umfasste. https://en.wikipedia.org/wiki/Ng_Sik-ho_-_cite_note-Choi_2018-2

Ng wurde am 2. November 1974 wegen des Schmuggels von 20 Tonnen Opium und Morphium aus Thailand und anderen Ländern nach Hongkong verhaftet. Im Mai 1975 wurde Ng zu 30 Jahren Haft verurteilt, die längste Strafe, die bis dahin von einem Gericht in Hongkong verhängt wurde. Seine Frau wurde daraufhin verhaftet und am 23. Februar 1975 zu 16 Jahren Haft verurteilt. Sie wurde auch mit einer Geldstrafe von 1 Million Yuan belegt.

Ng wurde ein wichtiger Zeuge im Fall gegen Ma Sik-chun, einen ehemaligenhttps://en.wikipedia.org/wiki/Ng_Sik-ho - cite note-ND-4 Mitarbeiter, der wegen Heroin- und Opiumhandels angeklagt war.https://en.wikipedia.org/wiki/Ng_Sik-ho - cite note-Gough_2014-1

Ma Sik-chun und sein jüngerer Bruder Ma Sik-yu hatten 1969 die Oriental Press Group gegründet, die die chinesischsprachige Zeitung Oriental Daily und die beliebte *Nachrichten-Website* on.cc besitzt. Die Gebrüder Ma, die in Hongkong wegen Opiumschmuggels und Bestechung angeklagt waren, flohen nach Taiwan – der ältere Bruder 1977 und der jüngere 1978. Sie konnten nicht nach Hongkong zurückgebracht werden, weil es kein Auslieferungsabkommen zwischen Taiwan und Hongkong gab. Der jüngere Bruder Ma starb 1992 in Taiwan. Der ältere Bruder starb am 15. Juni 2015 im Taipei Veterans General Hospital, Taiwan. Die Oriental Press Group wird nun von Ma Sik-chuns Sohn Ricky Ma Ching-fat geleitet.

Im April 1991 reduzierte der Gouverneur von Hongkong Ngs Strafe um viereinhalb Jahre, und er sollte Ende des Jahres freigelassen werden. Aber im Juli 1991 wurde bei Ng Leberkrebs im Endstadium diagnostiziert. Seine Ärzte sagten voraus, dass er nicht länger als 6 Wochen leben würde. Seine Strafe wurde dann weiter reduziert.https://en.wikipedia.org/wiki/Ng_Sik-ho - cite note-WK19910909-6

Ng wurde am 14. August 1991 aus medizinischen Gründen nach 16 Jahren Haft entlassen. Er wurde in das Queen Mary Hospital verlegt. Er starb wenige Wochen später am 8. September 1991 im Alter von 61 Jahren. Seine Frau wurde 1992 aus dem Gefängnis entlassen.

Während er im Gefängnis war, wurde Ng Buddhist und er pflegte zu sagen: "Reichtum wird vom Himmel entschieden; Leben und Tod durch Schicksal".

Tse Chi Lop - Asiens größter Drogenbaron Tse Chi Lop, der Chef des im asiatisch-pazifischen Raum ansässigen Supersyndikats für internationale Kriminalität, *Sam Gor*, ist einer der größten heutigen

Drogenbarone. Tse wurde 1963 in Guangzhou, China, geboren. 1988 wanderte er nach Kanada aus. In Toronto wurde er Teil der Big Circle Boys, einer Fraktion der Big Circle Gang, die ursprünglich während der Kulturrevolution der 1960er Jahre in China von inhaftierten Mitgliedern von Maos Roter Garde gegründet wurde.

In den 1990er Jahren pendelte Tse zwischen Nordamerika, Hongkong, Macau, Taiwan und Südostasien. Er stieg zu einem mittleren Mitglied eines Schmuggelrings auf, der Heroin aus dem Goldenen Dreieck bezog - der gesetzlosen Opium produzierenden Region, in der sich die Grenzen von Myanmar, Thailand, China und Laos treffen.

1998 wurde Tse vor dem östlichen Bezirksgericht von New York wegen Drogenhandels angeklagt. Er wurde der Verschwörung zum Import von Heroin in die USA für schuldig befunden. Eine mögliche lebenslange Haftstrafe hing über seinem Kopf. Tse reichte im Jahr 2000 über seinen Anwalt eine Petition ein, in der er um Nachsicht bettelte. Er drückte „große Trauer" über sein Verbrechen aus. Er erklärte, dass seine kranken Eltern ständige Pflege benötigten. Sein 12-jähriger Sohn hatte eine Lungenerkrankung. Seine Frau war überwältigt. Er behauptete, wenn er freigelassen würde, würde er sich reformieren und ein Restaurant eröffnen.

Seine Bitten funktionierten. Tse wurde zu neun Jahren Gefängnis verurteilt, die größtenteils in der Justizvollzugsanstalt des Bundes in Elkton, Ohio, verbracht wurden. Er wurde 2006 entlassen. Er sollte nach Kanada zurückkehren, wo er für die nächsten vier Jahre unter Aufsicht freigelassen werden sollte. Es ist nicht klar, wann Tse in seine alten Verstecke in Asien zurückkehrte, aber Regierungsunterlagen zeigen, dass Tse und seine Frau Tse Chil Lop 2011 ein Unternehmen - die China Peace Investment Group Company Ltd. in Hongkong - registrierten.

Nach seiner Entlassung kehrte Tse schnell zum Drogengeschäft zurück. Er hob von der Stelle ab, an der er gegangen war. Er erneuerte Verbindungen in Festlandchina, Hongkong, Macau und dem Goldenen Dreieck. Er kam in wenigen Jahren an die Macht, indem er *Sam Gor* schuf, den kantonesischen Begriff für "Bruder Nummer Drei" (auch das Unternehmen genannt) - eine Allianz von 5

Triaden, während er effektiv seine Anonymität bewahrte und das Leben in Hongkong und Macau genoss.https://en.wikipedia.org/wiki/Tse_Chi_Lop - cite_note-11 *Sam Gor* besteht aus fünf verschiedenen Triaden: der 14K Triad, Wo Shing Wo, Sun Yee On, Big Circle Gang und Bamboo Union. Die Gruppe ist mit vielen anderen lokalen kriminellen Gruppen wie den Yakuza in Japan, der Satudarah mc und dem Comanchero Motorcycle Club sowie libanesischen und anderen Banden in Australien verbunden und macht Geschäfte damit.

Tse entwickelte und übernahm ein einzigartiges und attraktives Geschäftsmodell, das sich für seine Kunden als unwiderstehlich erwies. Wenn eine seiner Medikamentenlieferungen von der Polizei oder einer anderen Behörde abgefangen wurde, bot er den Käufern kostenlosen Ersatz oder die Rückgabe der Kautionen an.

Seine Politik, seine Drogenlieferungen zu garantieren, war sehr gut für das Geschäft, aber sie brachte ihn auch auf das Radar der Polizei und der Drogenbekämpfungsbehörden. Im Jahr 2011 knackten Beamte der australischen Bundespolizei (AFP) eine Gruppe in Melbourne, die Heroin und Methamphetamin (Meth) importierte. Die Mengen waren nicht riesig – nur ein paar Dutzend Kilo. Anstatt also die australischen Drogendealer zu verhaften, stellte AFP sie unter Beobachtung, tippte auf ihre Telefone und beobachtete sie mehr als ein Jahr lang genau.

Dies war der Beginn der Operation Kungur - einer geheimen Drogenbekämpfung. Unter der Leitung der australischen Bundespolizei (AFP) waren an der Operation Kungur etwa 20 Agenturen aus Asien, Nordamerika und Europa beteiligt. Es war die größte internationale Anstrengung, die jemals unternommen wurde, um asiatische Drogenhandels-Syndikate zu bekämpfen. Es umfasste Behörden aus Myanmar, China, Thailand, Japan, den USA und Kanada. Taiwan, obwohl es formal nicht Teil der Operation war, half bei den Ermittlungen. Zur Frustration der Drogenkäufer in Melbourne wurde ihr illegales Produkt immer wieder abgefangen. Sie wollten die beschlagnahmten Drogen durch Sam Gor ersetzen. Die Chefs von Sam Gor in Hongkong waren irritiert. Ihre anderen Drogenringe in Australien sammelten ihre Betäubungsmittel und verkauften sie ohne Zwischenfälle. Die Geduld der Sam Gor-Führer wurde dünn. Im Jahr 2013 luden sie den Anführer der Melbourne-Zelle zu Gesprächen nach Hongkong ein. Dort beobachtete die Hongkonger Polizei, wie der Australier zwei Männer traf.

Einer der beiden Männer war Tse Chi Lop. Er hatte die in der Mitte getrennten Haare und das lässige Aufstehen eines typischen chinesischen Familienmannes mittleren Alters. Eine weitere Überwachung zeigte jedoch, dass Tse ein großer Geldgeber war, der besonders auf seine persönliche Sicherheit achtete. Im In- und Ausland wurde er immer von einer Wache von bis zu 8 thailändischen Kickboxern gleichzeitig geschützt, die im Rahmen seines Sicherheitsprotokolls regelmäßig rotiert wurden. Tse flog im Privatjet. Er verlor einmal 66 Millionen Dollar in einer einzigen Nacht in einem Casino in Macau.

Tse veranstaltete jedes Jahr üppige Geburtstagsfeiern in Resorts und Fünf-Sterne-Hotels, flog mit seinen Familienmitgliedern und entourage in Privatjets. Einmal übernachtete er einen Monat lang in einem Resort in Thailand und beherbergte Besucher am Pool in Shorts und T-Shirt.

Im Zuge der Ermittlungen gegen Tse vermutete AFP, dass Tse der größte Menschenhändler war, der australisches Meth und Heroin lieferte, mit einer lukrativen Nebenrolle in MDMA, allgemein bekannt als Ecstasy. Der enorme Umfang der Operationen der Sam Gor wurde jedoch erst Ende 2016 deutlich, als Cai Jeng Ze, ein junger Taiwaner, am Flughafen Yangon verhaftet wurde.

Am Morgen des 15. November 2016 hatte die Polizei des Flughafens Yangon unter Hinweis der DEA Cai Jeng Ze am Flughafen Yangon überwacht. Einmal haben sie ihn aus den Augen verloren. Die Polizei des Flughafens Yangon hatte keine Ahnung, wer Cai Jeng Ze war. Cai ging nach Hause nach Taiwan und ging mit einer Jimmy Choo Ledertasche und zwei Mobiltelefonen durch den Flughafen. Cai schien nervös zu sein und griff nach seinen blasigen Händen. Dieser Tic weckte Misstrauen. Cai wurde angehalten und durchsucht. An jeden seiner Oberschenkel war ein kleiner Beutel mit 80 Gramm Ketamin geklebt, ein starkes Beruhigungsmittel, das gleichzeitig als

Partydroge dient. „Wir hatten großes Glück, ihn zu verhaften. Eigentlich war es ein Unfall ", sagte der Kommandant später.

Cai sagte der Flughafenpolizei, dass die Taschen an seinen Oberschenkeln ein "Pestizid oder Vitamin für Blumen und Pflanzen" enthielten. Er behauptete, ein Freund habe sie ihm gegeben, um sie an seinen Vater weiterzugeben. Cais Flug stand kurz vor dem Abflug und es gab keinen Drogentest für Ketamin am Flughafen.

Die Polizei des Flughafens Yangon war von der Erklärung nicht überzeugt und hielt ihn über Nacht fest. Am nächsten Tag tauchten Anti-Drogen-Beamte am Flughafen auf. Ein Beamter erkannte Cai von der Überwachungsarbeit, die er durchgeführt hatte. Aber Cai weigerte sich zu reden. Die Polizei sagt, dass Videos, die sie später auf einem seiner Telefone fanden, sein Schweigen erklärten. Die Videos zeigten einen weinenden und gefesselten Mann. Mindestens drei Angreifer verbrannten seine Füße mit einer Lötlampe und schlugen ihn mit einem Rinderstoß. Die Videos zeigten auch ein Schild mit chinesischer Kalligrafie mit der Aufschrift „Loyalität zum Himmel" - ein Dreiklang-bezogenes Zeichen.

Laut einigen AFP-Beamten behauptete der Mann, der gefoltert wurde, 300 kg Meth aus einem Boot geworfen zu haben, weil er fälschlicherweise glaubte, dass ein sich schnell näherndes Schiff ein Strafverfolgungsboot sei. Die Folterer testeten die Richtigkeit der Behauptungen des Opfers. Durch das Filmen und Teilen der Videos schickten Triadenmitglieder eine Nachricht über die Strafe für Illoyalität.

Cai war ein akribischer Chronist der Aktivitäten des Drogensyndikats, hatte aber keine Vorkehrungen für die Sicherheit der Informationen getroffen. Die Telefone enthielten eine sehr große Anzahl von Fotos und Videos, Social-Media-Konversationen und Protokolle von Tausenden von Anrufen und Textnachrichten.

Mehr als zwei Monate vor seiner Verhaftung war Cai durch Myanmar gereist, um einen riesigen Meth-Deal für das Syndikat abzuschließen. Die Ermittler fanden den Screenshot eines Zettels von einem internationalen Kurierunternehmen, der die Lieferung von zwei Sendungen mit Verpackungen, die für die Aufbewahrung von chinesischem Loseblatttee hergestellt wurden, an eine Adresse in

Rangun aufzeichnete. Seit mindestens 2012 tauchten in der gesamten asiatisch-pazifischen Region Teepakete auf, die oft jeweils ein Kilo Crystal Meth enthielten.

Zwei Tage nach Cais Verhaftung durchsuchte die Polizei von Myanmar eine Adresse in Yangon, wo sie 622 Kilogramm Ketamin beschlagnahmte. An diesem Abend fingen sie 1,1 Tonnen Crystal Meth an einem Yangon-Anlegesteg ein. Das Abfangen der Drogen war ein großer Coup. Aber die Polizei von Myanmar war frustriert. Neun Personen wurden verhaftet, aber außer Cai waren sie alle Mitglieder des Syndikats auf niedrigerer Ebene, einschließlich Kuriere und Fahrer. Und sie konnten Cai nicht zum Reden bringen.

Dann kam ein großer Durchbruch. Während er die riesige Sammlung von Fotos und Videos auf Cais Handys durchging, bemerkte ein AFP-Ermittler mit Sitz in Yangon ein vertrautes Gesicht von einem Geheimdienstbriefing, das er vor etwa einem Jahr über asiatische Drogenhändler besucht hatte. Er erkannte den Kanadier - Tse Chi Lop. Die Polizei Myanmars lud die AFP ein, Anfang 2017 ein Team von Geheimdienstanalysten nach Yangon zu schicken, um an Cais Telefonen zu arbeiten.

Nach dem Ende des Vietnamkrieges 1975 war Australien zu einem profitablen Drogenmarkt für asiatische Banden geworden. Über ein Jahrzehnt lang hatte die AFP alle ihre historischen Akten über große und kleine Drogenfälle in eine Datenbank eingespeist, die zu einer Fundgrube für Namen, chemische Signaturen beschlagnahmter Drogen, Telefonmetadaten und Überwachungsinformationen geworden war.

Die AFP-Analysten haben die Inhalte von Cais Telefonen mit ihrer Datenbank abgeglichen. Sie entdeckten Fotos von drei großen Sendungen mit Crystal Meth, die 2016 in China, Japan und Neuseeland abgefangen wurden. Später verbanden chinesische Anti-Drogen-Beamte Fotos, Telefonnummern und Adressen in Cais Telefonen mit anderen Meth-Büsten in China.

Zuvor hatte die Drogenbekämpfungspolizei verschiedener Länder geglaubt, dass die Drogen von verschiedenen kriminellen Gruppen gehandelt wurden. Jetzt wurde klar, dass alle Lieferungen das Werk einer einzigen Organisation waren; und Cai war "eines der Top-

Mitglieder des Mega-Syndikats", das in mehrere "Drogenfälle, Schmuggel und Herstellung in dieser Region" verwickelt war.

Cai wurde im Ketamin-Fall für nicht schuldig befunden, sitzt aber immer noch in Yangon im Gefängnis, wo er wegen Drogenhandels im Zusammenhang mit den Beschlagnahmungen von Meth vor Gericht steht.

Meth Paradise Die Polizei vermutete, dass Cai während seiner Zeit in Myanmar durch das ganze Land reiste, Drogenproben testete, Kuriere organisierte und ein Fischerboot beschaffte, um die illegale Ladung zu einem größeren Schiff in internationalen Gewässern zu transportieren. Seine Telefone enthielten Bilder der Fahrzeuge, mit denen das Meth transportiert werden sollte, die Stelle, an der das Meth abgesetzt werden sollte, und das Fischerboot.

Der Wiederaufbau von Cais Geschäften in Myanmar durch die Polizei führte zu einer weiteren großen Enthüllung: Das Epizentrum der Meth-Produktion hatte sich von Chinas südlichen Provinzen in den Shan-Staat in Myanmars nordöstlichen Grenzgebieten verlagert. Die Aktivitäten in China hatten dem Sam Gor-Syndikat einen einfachen Zugang zu Vorläuferzutaten wie Ephedrin und Pseudoephedrin ermöglicht, die aus Pharma-, Chemie- und Lackfabriken in der Wirtschaftszone Pearl River Delta geschmuggelt wurden. Shan State gab Sam Gor die Freiheit, weitgehend ungehindert von Strafverfolgungsbehörden zu operieren.

Bewaffnete Rebellengruppen in halbautonomen Regionen wie dem Shan-Staat kontrollieren seit langem große Gebiete und verwenden Drogeneinnahmen, um ihre häufigen Kämpfe mit dem Militär zu finanzieren. Eine Reihe von Détentes, die von der Regierung Myanmars mit Rebellengruppen im Laufe der Jahre vermittelt wurden, hat der Region relative Ruhe verschafft - und illegale Drogenaktivitäten ermöglicht.

"Produktionsstätten können vor Strafverfolgungsbehörden und anderen neugierigen Blicken versteckt, aber vor störender Gewalt geschützt werden", schrieb der Analyst Richard Horsey in einem Artikel für die International Crisis Group. "Die Drogenproduktion und die Gewinne sind jetzt so groß, dass sie den formellen Sektor des Shan-Staates in den Schatten stellen."

Reisende in das Dorf Loikan im Bundesstaat Shan können drogengetriebenen Wohlstand erleben. Die zweispurige Straße grenzt an eine tiefe Schlucht, die als "Tal des Todes" bekannt ist, wo ethnische Kachin-Rebellen der paramilitärischen Gruppe Kaung Kha jahrzehntelang mit der Armee Myanmars zusammenstießen. Jetzt donnern High-End-SUVs an Lastwagen vorbei, die Baumaterialien und Arbeiter transportieren.

Das makellose und weitläufige neue Hauptquartier der Kaung Kha-Miliz liegt auf einem Plateau zwischen den steilen grünen Hügeln der zerklüfteten Loi Sam Sip-Kette. Etwa sechs Kilometer entfernt, in der Nähe des Dorfes Loikan, befindet sich eine weitläufige Drogeneinrichtung, die aus dichten Wäldern geschnitzt ist. Polizei und Einheimische sagen, dass der Komplex große Mengen an Crystal Meth, Heroin, Ketamin und Yaba-Tabletten produziert - eine billigere Form von Meth, die mit Koffein gemischt wird. Es wurde Anfang 2018 durchsucht und Sicherheitskräfte beschlagnahmten mehr als 200.000 Liter Vorläuferchemikalien sowie 10.000 kg Koffein und 73.550 kg Natriumhydroxid - alles Substanzen, die in der Arzneimittelproduktion verwendet werden.

Laut einem in Rangun ansässigen AFP-Offizier war die Loikan-Anlage "sehr wahrscheinlich" die Quelle eines Großteils des Meth des Sam Gor-Syndikats. In einem berichteten Interview sagte Oi Khun, ein Kommunikationsoffizier der 3.000 Mann starken Kaung Kha-Miliz: "Einige Milizen waren in das Labor involviert." Er hielt inne und fügte hinzu: „Aber nicht mit dem Wissen hochrangiger Mitglieder der Miliz".

Eine Person in Loikan beschrieb, wie Arbeiter aus dem Labor von den Hügeln herunterkommen würden. Diese Männer waren, wie die meisten Dorfbewohner, ethnische Chinesen. Aber sie kleideten sich besser als die Einheimischen, hatten ausländische Akzente und hatten einen üblen Geruch. Meth-Laborleiter und Chemiker sind hauptsächlich taiwanesische Staatsangehörige. Ebenso viele der Kuriere und Bootsbesatzungen des Verbrechernetzwerks, die die Drogen über den asiatisch-pazifischen Raum transportieren.

Shans Superlabore produzieren das reinste Crystal Meth der Welt. "Sie können es langsam angehen lassen und (das Meth) auf dem

Boden verteilen und trocknen lassen." Nach Schätzungen des UNODC betrug der asiatisch-pazifische Einzelhandelsmarkt für Meth im Jahr 2019 zwischen 30,3 und 61,4 Milliarden US-Dollar pro Jahr. Das Geschäftsmodell für Meth sei "ganz anders" als Heroin, sagte ein UNODC-Beamter. „Die Inputs sind relativ günstig, eine große Belegschaft wird nicht benötigt, der Kilopreis ist höher und die Gewinne sind daher weit, weit höher."

Der Großhandelspreis für ein Kilo Crystal Meth, das im Nordosten Myanmars hergestellt wird, beträgt laut einem UNODC-Bericht unter Berufung auf die China National Narcotics Control Commission nur 1.800 US-Dollar. Die durchschnittlichen Einzelhandelspreise für Crystal Meth entsprechen nach Angaben der UN-Agentur 70.500 US-Dollar pro Kilo in Thailand, 298.000 US-Dollar pro Kilo in Australien und 588.000 US-Dollar in Japan. Für den japanischen Markt ist das mehr als ein dreihundertfacher Aufschlag.

Experten zufolge verfügt die organisierte Kriminalität in dieser Region über alle Zutaten, die sie benötigt, um das Geschäft weiter auszubauen, einschließlich des Territoriums für die Produktion, des Zugangs zu Chemikalien, etablierter Handelsrouten und -beziehungen, um Produkte zu bewegen, und einer massiven Bevölkerung mit Kaufkraft, um

Das enorme Geld, das das Syndikat verdient, bedeutet, dass sie, selbst wenn sie zehn Tonnen verlieren und nur eine durchgeht, immer noch einen großen Gewinn machen. Sie können sich Versagen und Krampfanfälle leisten. Es spielt keine Rolle.

Die Analyse der Telefone von Cai lieferte kontinuierlich Leads. Auf ihnen fand die Polizei die GPS-Koordinaten des Abholpunkts in der Andamanensee, an dem mit Myanmar Meth beladene Fischerboote auf Drogenmutterschiffe trafen, die wochenlang auf See bleiben konnten.

Eines der Mutterschiffe war ein taiwanesischer Trawler namens Shun de Man 66. Das Schiff befand sich bereits auf See, als Joshua Joseph Smith Anfang Juli 2017 einen Marinebroker in der westaustralischen Hauptstadt Perth betrat und 350.000 A $ (damals etwa 265.000 $) für die MV Valkoista, ein Fischercharterboot, bezahlte. Smith, der Mitte 40 war und von der Ostküste Australiens stammte, erkundigte sich nach Seekrankheitstabletten. Lokalen Medien zufolge hatte er zu dieser Zeit keinen Angelschein.

Nach dem Kauf des Bootes am 7. Juli 2017 setzte Smith die Valkoista direkt vom Yachthafen auf Kurs, um den Shun De Man 66 im Indischen Ozean zu treffen. Nach dem Rendezvous segelte die Valkoista dann in die entlegene westaustralische Hafenstadt Geraldton. Am 11. Juli 2017 wurde seine Besatzung beim „Entladen vieler Pakete" in einen Lieferwagen gesehen.

Laut einigen Polizeibeamten: „Wir wussten, dass wir eine Einfuhr hatten. Wir kennen die Methodik von Netzwerken der organisierten Kriminalität. Wir wissen, wenn ein Schiff leer abfährt und mit etwas Ausrüstung zurückkommt, dass es nicht einfach mitten im Ozean vom Himmel gefallen ist."

Die Ermittler überprüften CCTV-Aufnahmen und Aufzeichnungen über Hotel-, Flugzeug- und Autovermietungen. Die Telefone einiger australischer Drogenhändler wurden abgehört. Es wurde bald klar, dass einige von Smiths angeblichen Mitverschwörern Mitglieder einer ethnischen libanesischen Unterweltbande sowie der Hells Angels und Comanchero Motorradbanden waren, die in Australien als "Bikies" bekannt sind.

Smiths Mitarbeiter trafen sich im August 2017 mit Mitgliedern des Sam Gor-Syndikats in Bangkok, um ihren Vertrag über den Import von 1,2 Tonnen Crystal Meth nach Australien abzuschließen. Einen Monat später kamen die Australier in Perth wieder zusammen.

Biker haben einen Ruf für wilde Clubhouse-Partys und eine selbsternannte Mythologie als Außenseiter, aber sie haben einen raffinierten Geschmack. Sie fliegen in der Business Class, übernachten in Fünf-Sterne-Hotels und speisen in den besten Restaurants. Eines dieser Restaurants ist das Rockpool Bar & Grill in Perth - ein einzigartiges Steakhouse, das einen beeindruckenden Speisesaal, eine offene Küche mit seinem charakteristischen Holzfeuergrill kombiniert. Das Restaurant bietet eine 104-seitige Weinkarte mit 2300 verschiedenen Weinen und eine Speisekarte mit Kaviar mit Toast für etwa 185 US-Dollar pro Portion.

Am 27. November 2017 setzte die Shun De Man 66 wieder die Segel, diesmal von Singapur aus. Das Schiff fuhr nach Norden in die Andamanensee, um sich mit einem kleineren Boot zu treffen, das das Meth aus Myanmar brachte. Die Shun De Man segelte dann entlang der Westküste der indonesischen Insel Sumatra und sank hinunter in den Indischen Ozean.

Die indonesische Marine schaute zu und die AFP hörte zu.

Als der Shun De Man am 19. Dezember 2017 die Valkoista in internationalen Gewässern vor der westaustralischen Küste endlich wieder traf, hörten die Ermittler eine asiatische Stimme, die „Geld, Geld" rief. Die Crew der Shun De Man hatte eine halbe zerrissene Hongkong-Dollar-Note. Smith und seine Crew hatten die andere Hälfte. Die australischen Käufer bewiesen ihre Identität, indem sie ihren Anteil an das Fragment der Besatzung der Shun De Man anpassten, die dann das Meth übergab.

Die Valkoista kam nach einer zweitägigen Rückfahrt bei rauer See in der australischen Hafenstadt Geraldton an. Die Männer entladen die Drogen im Dunkeln vor der Morgendämmerung. Maskierte Mitglieder der AFP und der westaustralischen Polizei zogen mit Angriffswaffen ein, beschlagnahmten die Drogen und verhafteten die Männer. Smith bekannte sich schuldig, eine kommerzielle Menge einer illegalen Droge importiert zu haben. Einige seiner angeblichen Mitarbeiter stehen immer noch vor Gericht.

Taiwans Untersuchungsbüro des Justizministeriums sagte, dass es "mit unseren Kollegen bei der Untersuchung" des Shun De Man 66 zusammengearbeitet habe und dass dies im Dezember 2017 zur "erheblichen Beschlagnahme illegaler Betäubungsmittel" durch die australischen Behörden geführt habe. Das Büro sagte, es sei "sich bewusst, dass taiwanesische Syndikate am maritimen Drogenhandel in der asiatisch-pazifischen Region beteiligt sind", und arbeite "gemeinsam und eng mit unseren Kollegen zusammen, um diese Syndikate und den grenzüberschreitenden Drogenhandel zu stören".

Nach den Worten eines Ermittlers ist die Lieferkette des Syndikats so komplex und fachmännisch, dass es "mit der von Apple mithalten muss".

Laut Jay Li Chien-chih, einem hochrangigen Oberst der

taiwanesischen Polizei, der seit einem Jahrzehnt in Südostasien stationiert war, "hat das Syndikat viel Geld und es gibt einen riesigen Markt, den es zu erschließen gilt... "Die Macht, die dieses Netzwerk besitzt, ist unvorstellbar."

Die Ermittler hatten Erfolge. Im Februar 2018 sprengte die Polizei das Loikan-Superlabor in Myanmar, wo sie genügend Teeverpackungen für 10 Tonnen Meth fand. Die Shun De Man 66 wurde in diesem Monat von der indonesischen Marine mit mehr als einer Tonne Meth an Bord abgefangen. Im März 2018 wurde ein wichtiger Sam Gor Leutnant in Kambodscha verhaftet und nach Myanmar ausgeliefert.

Im Dezember 2018 wurde das Haus von Sue Songkittikul, einer mutmaßlichen Syndikats-Operationschefin, in Thailand durchsucht. In der Nähe der Grenze zu Myanmar befand sich ein kleines Meth-Labor, von dem die Polizei vermutete, dass es zum Experimentieren mit neuen Rezepten verwendet wurde; ein leistungsstarker Funkturm mit einer Reichweite von 100 km; und ein unterirdischer Tunnel vom Haupthaus zur Rückseite des Grundstücks.

Sue Songkittikul war nicht da, aber Eigentum und Geld von 38 Bankkonten, die mit ihm in Verbindung standen, in Höhe von insgesamt 9 Millionen US-Dollar wurden während der Ermittlungen beschlagnahmt. Sue ist immer noch auf freiem Fuß.

Aber der Fluss von Drogen, die das Goldene Dreieck für den weiteren asiatisch-pazifischen Raum verlassen, scheint zugenommen zu haben. Die Beschlagnahmungen von Crystal Meth und Yaba stiegen im vergangenen Jahr um etwa 50 % auf 126 Tonnen in Ost- und Südostasien. Gleichzeitig fielen die Preise für die Medikamente in den meisten Ländern. Dieses Muster fallender Preise und steigender Beschlagnahmungen, so das UNODC in einem im März 2019 veröffentlichten Bericht, "deutete darauf hin, dass das Angebot des Medikaments expandiert hatte". Vierteljährliche Daten aus Ost- und Südostasien zeigen einen Rückgang der Anfälle im zweiten Quartal 2020 während des Höhepunkts der Pandemie. Ab dem dritten Quartal erholten sich die Anfälle jedoch schnell, was die Flexibilität der organisierten kriminellen Gruppen zeigt, sich an Veränderungen anzupassen und die porösen Grenzen in der Region zu nutzen. Die Großhandelspreise für kristallines Methamphetamin sanken in mehreren Ländern Südostasiens, nämlich Kambodscha, Malaysia und Thailand, während die Reinheit stabil blieb, was auf begrenzte Auswirkungen auf die Verfügbarkeit von Methamphetamin hindeutet.

Eine Rekordmenge an Methamphetamin – fast 172 Tonnen – wurde 2021 in Ost- und Südostasien beschlagnahmt, wobei erstmals über 1 Milliarde Methamphetamin-Tabletten erfasst wurden. Die Gesamtzahl ist siebenmal höher als vor 10 Jahren, als etwas mehr als 143 Millionen Tabletten beschlagnahmt wurden, und mehr als fünfunddreißigmal höher als vor fast 20 Jahren. Fast 79 Tonnen Kristallmethamphetamin wurden 2021 ebenfalls beschlagnahmt - etwa das Achtfache der 10 Tonnen, die vor einem Jahrzehnt beschlagnahmt wurden.

Auch das Angebot an Golden Triangle Methamphetamin expandierte 2021 weiter nach Südasien. Kristallmethamphetamin in verschiedenen Golden Triangle-Verpackungen und Tabletten wurde im Nordosten Indiens zunehmend beschlagnahmt, ähnlich wie vor einigen Jahren in Bangladesch.

Auch der Preis für Tabletten und Kristallmethamphetamin sinkt in Südostasien weiter. Malaysia und Thailand haben berichtet, dass die Großhandels- und Straßenpreise im Jahr 2021 auf ein Allzeittief gesunken sind, da das Angebot stark angestiegen ist. „Der Preisverfall von Kristallmethamphetamin ist besonders besorgniserregend, da es für diejenigen, die es sich vorher nicht leisten konnten, viel zugänglicher und verfügbarer geworden ist. Die sozialen Folgen des verstärkten Konsums sind erheblich, und die Gesundheits- und Schadensminimierungsdienste sind in der gesamten Region nach wie vor begrenzt", bemerkte Kavinvadee Suppapongtevasakul, regionaler Analyst für synthetische Drogen bei UNODC für das Global SMART Programme.

Obwohl Methamphetamin das Hauptanliegen der Behörden in der gesamten Region ist, sind auch andere synthetische Drogen, insbesondere Ketamin, weit verbreitet.

Das Sam Gor-Syndikat ist ein flinker und schwer fassbarer Gegner. Als die Behörden Erfolg hatten, die Drogen-Mutterschiffe zu stoppen, wechselte das Sam Gor-Syndikat dazu, sein Produkt in Schiffscontainern zu verstecken. Als Thailand einen Großteil des Meths stoppte, das direkt über die Grenze von Myanmar per LKW kam, leitete das Syndikat Lieferungen über Laos und Vietnam um. Dazu gehörte der Einsatz von Horden von Laoten mit Rucksäcken, die jeweils etwa 30 Kilogramm Meth enthielten, um es über enge Dschungelpfade nach Thailand zu tragen.

Laut einem BBC-Bericht hatte die australische Polizei Tse Chi Lop 10 Jahre lang verfolgt, bevor er am 22. Januar 2021 am Amsterdamer Flughafen Schiphol verhaftet wurde, von wo aus er sich auf den Flug nach Kanada vorbereitete. Die niederländische Polizei handelte auf Ersuchen der AFP, nachdem ein Haftbefehl und eine Interpol Red Diffusion-Mitteilung ausgestellt worden waren. "Er war bereits auf der Most-Wanted-Liste und wurde aufgrund von Informationen, die wir erhalten haben, festgenommen", sagte der niederländische Polizeisprecher Thomas Aling.

Die australische Polizei wollte, dass Tse Chi Lop in Australien vor Gericht gestellt wird, und wollte seine Auslieferung. Im Juni 2021 genehmigte ein niederländisches Gericht das Auslieferungsersuchen Australiens. Tse legte beim Obersten Gerichtshof Berufung gegen die Auslieferungsentscheidung ein.

Tse bestreitet, dass er ein Königspin ist, und behauptet, seine Verhaftung sei von den australischen Behörden faktisch angeordnet worden, da sie illegal angeordnet hätten, dass seine Ausweisung aus Taiwan nach Kanada einen Zwischenstopp in den Niederlanden beinhalte, damit er dort verhaftet werden könne. Im Juni 2022 wies der Oberste Gerichtshof der Niederlande die Berufung zurück. Das Gericht entschied, dass Tse nach Australien ausgeliefert werden kann. Tse wurde im Dezember 2022 nach Australien ausgeliefert, um sich dort seinem Prozess zu stellen.

Tse leitete das Sam Gor Syndikat, das einen 70 Milliarden Dollar schweren illegalen Drogenmarkt in ganz Asien dominiert. Der 58-Jährige wurde wegen des Ausmaßes seines angeblichen

Unternehmens mit dem mexikanischen Drogenbaron Joaquin "El Chapo" Guzman verglichen.

UN schätzt, dass die Einnahmen des Syndikats aus dem Verkauf von Methamphetamin allein im Jahr 2018 bis zu 17 Milliarden US-Dollar hätten betragen können. Tse ist mit einer Frau namens Tse Yim Fum verheiratet. Über die Ehefrau liegen keine näheren Angaben vor.

Lee Chung Chak, 66, der als zweiter Befehlshaber von Sam Gor gilt, wurde am 1. Oktober 2020 aufgrund eines Haftbefehls eines thailändischen Gerichts nach einem Auslieferungsersuchen der australischen Behörden von der thailändischen Drogenpolizei festgenommen. Im Juni 2022 gelang es den australischen Agenturen, Lee Chung Chak aus Thailand auszuliefern. Er wird in Australien vor Gericht gestellt.

Mit Tse und Lee, den beiden Besten, wurde die Hierarchie und Struktur des Sam Gor-Syndikats erschüttert. Aber es wird sicherlich jemand anderes übernehmen und das Geschäft wird wie bisher weitergehen.

Der Goldene Halbmond

Der Goldene Halbmond ist einer der beiden asiatischen illegale https://en.wikipedia.org/wiki/Opium Opiumproduktionsgebiete. Das andere ist das Goldene Dreieck. Der Goldene Halbmond befindet sich an der Kreuzung von Zentral-, Süd- und Westasien. Dieser Raum überlappt drei Nationen - Afghanistan, Iran und Pakistan, deren bergige Peripherien den Halbmond definieren.

Der Goldene Halbmond hat eine viel ältere Geschichte der Opiumproduktion als das Goldene Dreieck Südostasiens. Das Goldene Dreieck entwickelte sich in den 1980er Jahren zu einem modernen opiumproduzierenden Unternehmen. Afghanistan begann Mitte der 1950er Jahre, vor fast drei Jahrzehnten, in erheblichen Mengen Opium zu produzieren, um Opium an seinen Nachbarn Iran zu liefern, nachdem dort der Mohnanbau verboten wurde.

Mitte der 1970er Jahre unterbrach die politische Instabilität in Verbindung mit einer anhaltenden Dürre die Versorgung aus dem Goldenen Dreieck. Afghanistan und Pakistan erhöhten ihre Produktion und wurden zu Hauptlieferanten von Opiaten nach Westeuropa und Nordamerika. In den 1980er Jahren begann das Goldene Dreieck, den Opium- und Morphinmarkt zu beeinflussen. Um der steigenden Nachfrage gerecht zu werden, hat das Goldene Dreieck seine Produktion seitdem stetig gesteigert. 1991 wurde Afghanistan mit einer Ausbeute von 1.782 Tonnen (Schätzungen des US-Außenministeriums) zum wichtigsten Opiumproduzenten der Welt und übertraf Myanmar, das früher weltweit führend in der Opiumproduktion war.

Der sowjetisch-afghanische Krieg war ein Konflikt, in dem aufständische Gruppen (zusammen als afghanische Mudschaheddin bekannt) sowie kleinere maoistische Gruppen in den 1980er Jahren einen neunjährigen Guerillakrieg gegen die Sowjetarmee und die Regierung der Demokratischen Republik Afghanistan führten, hauptsächlich auf dem afghanischen Land. Die Mudschaheddin wurden auf verschiedene Weise von den USA, Pakistan, dem Iran, Saudi-Arabien, China und dem Vereinigten Königreich unterstützt. Während der von den Amerikanern geführten Invasion Afghanistans im Jahr 2001 wurde die Opiumproduktion des Goldenen Halbmonds als Vergeltung für die Terroranschläge vom 11. September stark beeinträchtigt und produzierte fast 90 % weniger Opium als im Jahr 2000.

Auf dem Höhepunkt seiner Opiumproduktion produzierte der Goldene Halbmond 2007 mehr als 8.000 der weltweit insgesamt rund 9.000 Tonnen Opium, ein Beinahe-Monopol. Der Goldene Halbmond dominiert auch den Cannabisharzmarkt aufgrund der hohen Harzerträge der Region (145 kg/ha), viermal mehr als Marokko (36 kg/ha). Der Goldene Halbmond bedient auch einen viel größeren Markt - etwa 64 % mehr als das Goldene Dreieck. Das Unternehmen produziert und vertreibt über 2.500 Tonnen Opiate nach Afrika, Europa, Amerika und Zentralasien und beliefert weltweit fast 9,5 Millionen Opiatkonsumenten.

Taliban Die Taliban, wörtlich "Studenten" oder "Suchende", sind eine deobandische islamistische religiös-politische Bewegung und militärische Organisation in Afghanistan, die von vielen Regierungen und Organisationen als Terroristen angesehen wird. Es ist neben der international anerkannten Islamischen Republik Afghanistan eine von zwei Einrichtungen, die behaupten, die legitime Regierung Afghanistans zu sein.

Die Taliban sind eine Bewegung religiöser Studenten (talib) aus den paschtunischen Gebieten im Osten und Süden Afghanistans, die in traditionellen islamischen Schulen in Pakistan ausgebildet wurden. Im September 1994 gründete Mullah Mohammad Omar die Gruppe in seiner Heimatstadt Kandahar mit 50 Schülern. 1994 entstanden die Taliban als eine der prominenten Fraktionen im afghanischen Bürgerkrieg und bestanden größtenteils aus Studenten (Talib) aus den paschtunischen Gebieten Ost- und Südafghanistans, die in traditionellen islamischen Schulen ausgebildet worden waren und während des sowjetisch-afghanischen Krieges kämpften.https://en.wikipedia.org/wiki/Taliban - cite note-massacreMazar, II-65 Unter der Führung von Mohammed Omar breitete sich die Bewegung in den meisten Teilen Afghanistans aus und verlagerte die Macht von den Mudschaheddin-Kriegsherren weg. Mohammed Omar blieb bis zu seinem Tod 2013 Oberbefehlshaber der Taliban.

Am 3. November 1994 haben die Taliban in einem Überraschungsangriff eroberung der Stadt Kandahar. Bis zum 4. Januar 1995 kontrollierten sie 12 afghanische Provinzen. 1996 wurde das totalitärehttps://en.wikipedia.org/wiki/Taliban - cite note-auto1-5 Islamische Emirat Afghanistan gegründet und die afghanische Hauptstadt nach Kandahar verlegt. Als die Taliban 1996 an die Macht kamen, hatten zwanzig Jahre ununterbrochener Kriegsführung die gesamte Infrastruktur und Wirtschaft Afghanistans zerstört. Von 1996 bis 2001 herrschten die Taliban über rund drei Viertel Afghanistans. Sie erzwangen eine strenge Auslegung der Scharia oder des islamischen Rechts, bis sie durch die von den Amerikanern geführte Invasion Afghanistans im Dezember 2001 nach den Anschlägen vom 11. September gestürzt wurden.

Der Rückgang der Heroinproduktion aus Myanmar war das Ergebnis mehrerer Jahre ungünstiger Wachstumsbedingungen und einer neuen Regierungspolitik der erzwungenen Ausrottung.https://en.wikipedia.org/wiki/Golden_Crescent - cite note-Interpol-1 Im gleichen Zeitraum nahm die afghanische Heroinproduktion zu, mit einem bemerkenswerten Rückgang im Jahr 2001, angeblich als Folge der Fatwa der Taliban gegen die Heroinproduktion.https://en.wikipedia.org/wiki/Golden_Crescent - cite note-Interpol-1 Die Taliban verboten den Mohnanbau im Jahr 2000, da sie internationale Legitimität suchten. Experten zufolge waren sie jedoch mit einer populären Gegenreaktion konfrontiert und änderten später ihre Haltung. Afghanistan produzierte über 90% des illegalen Opiums der Welt. Neben Opiaten war Afghanistan auch der weltweit größte Produzent von Haschisch.https://en.wikipedia.org/wiki/Golden_Crescent - cite note-3

Die USA gaben über 15 Jahre lang mehr als 8 Milliarden US-Dollar für Bemühungen aus, die Taliban ihrer Gewinne aus dem afghanischen Opium- und Heroinhandel zu berauben - von der Ausrottung von Mohn bis hin zu Luftangriffen und Überfällen auf verdächtige Labore. Diese Strategie ist gescheitert. Im August 2021 beendeten die USA ihren längsten Krieg. Afghanistan blieb der größte illegale Opiatlieferant der Welt und wird es mit Sicherheit bleiben, da die Taliban die Macht in Kabul übernommen haben.

Afghanische Bauern wägen mehrere Faktoren ab, um zu entscheiden, wie viel Mohn gepflanzt werden soll. Diese reichen von jährlichen Niederschlägen und dem Preis von Weizen, der Hauptalternative zu Mohn, bis hin zu weltweiten Opium- und Heroinpreisen.

Doch selbst während Dürren und Weizenknappheit, wenn die Weizenpreise in die Höhe geschossen sind, haben afghanische Bauern Mohn angebaut und Opium gewonnen, das zu Morphium und Heroin raffiniert wird. In den letzten Jahren haben viele Landwirte in China hergestellte Solarmodule installiert, um Tiefwasserbrunnen mit Strom zu versorgen.

Laut UNODC gab es in drei der letzten vier Jahre einige der höchsten Opiumproduktionen Afghanistans. Selbst als die COVID-19-Pandemie wütete, stieg der Mohnanbau im Jahr 2020 um 37 Prozent. Laut Barnett Rubin, einem ehemaligen Berater des US-Außenministeriums für Afghanistan, sind illegale Drogen "die größte Industrie des Landes mit Ausnahme des Krieges".

Die geschätzte Allzeithoch-Opiumproduktion wurde 2017 mit 9.900 Tonnen im Wert von rund 1,4 Milliarden US-Dollar an Verkäufen von Landwirten oder etwa 7 Prozent des afghanischen BIP erreicht, berichtete das UNODC.
Wenn der Wert von Drogen für den Export und den lokalen Verbrauch zusammen mit importierten Vorläuferchemikalien berücksichtigt wird, hat UNODC die gesamte illegale Opiatwirtschaft des Landes in diesem Jahr auf rund 6,6 Milliarden US-Dollar geschätzt.

Hajji Bashir Noorzai Es ist ziemlich überraschend, dass kaum jemand in Afghanistan wegen Drogenvorwürfen verurteilt wurde. Eine bemerkenswerte Ausnahme ist Hajji Bashir Noorzai - ein ehemaliger afghanischer Drogenbaron. https://en.wikipedia.org/wiki/Bashar_Noorzai - cite notenewyorker2015-12-06-1 Zunächst war er ein Unterstützer der Taliban-Bewegung und ein enger Vertrauter des verstorbenen Taliban-Gründers Mullah Mohammad Omar. Er kämpfte gegen die sowjetischen Streitkräfte, die Afghanistan von 1979 bis 1989 besetzten. Nachdem Mohammad Omar untergetaucht war, wurde Noorzai für Kandahar verantwortlich gemacht. Noorzai lieferte Sprengstoff, Waffen und Milizkämpfer an das Taliban-Regime.

Noorzai war in Quetta, als die Anschläge vom 11. September 2001 stattfanden. Bald darauf kehrte er nach Afghanistan zurück. Im November 2001 traf er sich mit Männern, die er als amerikanische Militärs bezeichnete, in Spinboldak, nahe der afghanisch-pakistanischen Grenze. Kleine Teams von US-Spezialeinheiten und Geheimdienstoffizieren waren zu dieser Zeit in Afghanistan und suchten die Unterstützung von Stammesführern. Laut seinem Anwalt wurde Noorzai nach Kandahar gebracht, wo er sechs Tage lang von den Amerikanern festgenommen und zu Taliban-Beamten und -Operationen befragt wurde. Er stimmte zu, mit ihnen zusammenzuarbeiten und wurde freigelassen. Ende Januar 2002 übergab er 15 LKW-Ladungen Waffen, darunter etwa 400 Flugabwehrraketen, die von den Taliban auf dem Territorium seines Stammes versteckt worden waren. Am 1. Juni 2004 sanktionierte das US-Außenministerium Noorzai gemäß dem Foreign Narcotics Kingpin Designation Act und setzte seinen Namen in eine Liste der meistgesuchten Drogenbarone der Welt.

Obwohl er zu den meistgesuchten Drogenhändlern Amerikas gehörte, stimmte er zu, nach einer Nachbesprechung nach New York City zu gehen, nachdem ihm von seinen Betreuern versichert worden war, dass er nicht verhaftet werden würde. Aber zehn Tage nach seiner Ankunft in New York wurde er verhaftet.

https://en.wikipedia.org/wiki/Bashar_Noorzai - cite note-newyorker2015-12-06-1Im April 2005 verhafteten die US-Behörden in New York City Noorzai. Er wurde wegen des Versuchs angeklagt, Heroin im Wert von mehr als 50 Millionen US-Dollar in die USA zu schmuggeln. In seinem Prozess im Jahr 2008 wurde Noorzai von dem hochkarätigen New Yorker Strafverteidiger Ivan

Fisher vertreten. Der Fall hat erhebliche Fragen zur US-Außenpolitik im Ausland aufgeworfen. Im Jahr 2008 wurde Noorzai wegen des Schmuggels von Heroin im Wert von 50 Millionen US-Dollar in die USA verurteilt. Am 30. April 2009 verurteilte Richter Denny Chin Noorzai zu lebenslanger Haft. Die neue Taliban-Regierung wollte ihn zurück. Im September 2022 befreiten die USA ihn in einem Gefangenenaustausch von Mark Frerichs, einem Veteranen der US-Marine, der seit 2020 in Afghanistan gefangen gehalten wurde.

Haji Juma Khan, ein weiterer Drogenbaron, erlangte nach der von den Amerikanern geführten Invasion Afghanistans plötzlich nationale Bekanntheit. Nach dem Sturz der Taliban im Jahr 2001 wurde er kurzzeitig von amerikanischen Streitkräften festgenommen, aber freigelassen, obwohl amerikanische Beamte wussten, dass er in den Drogenhandel verwickelt war. Nach der Verhaftung von Noorzai übernahm er das Drogengeschäft. 2008 wurde er aus unbekannten Gründen in Indonesien festgehalten und nach New York transportiert. Irgendwann im April 2018 wurde er stillschweigend freigelassen, ohne dass eine Anklage oder ein Gerichtsverfahren anhängig waren.

Die Drogenkartelle von Medellín und Cali

Fast ein Vierteljahrhundert lang gab es in Kolumbien zwei Hauptdrogenkartelle – das Medellin- und das Cali-Drogenkartell.

Das Medellin-Kartell erhielt seinen Namen von der Stadt Medellin – der Hauptstadt der Provinz Antioquia, etwa 23 Kilometer von Bogota entfernt. Der Gründerpate des Medellin-Kartells (getötet am 2. Dezember 1993) war Pablo Escobar Gaviria.

Escobar begann als kleiner Gauner in seiner Kindheit und kam schnell an die Macht, indem er seine Feinde rücksichtslos entführte und tötete. Er baute 1976 das Medellin-Kartell auf und kultivierte ein Robin Hood-Image für sich selbst, indem er den Einheimischen Arbeitsplätze, zinslose Kredite und Häuser zur Verfügung stellte.

Im April 1983 überflutete der Fluss Medellín seine Ufer und zerstörte die Hütten mehrerer hundert Lumpenpflücker. Eine Woche später kam Escobar dort an und versprach den Obdachlosen neue Häuser. Im nächsten Monat zogen 360 Familien in neue Häuser mit Sanitär, Strom und Gärten im "Barrio Pablo Escobar" auf einem Hügel über der Stadt. Diese Familien mussten nur für den Strom und das Wasser bezahlen. Die Drogenhändler sind so reich, dass sie 1984 anboten, die gesamten Schulden des Landes im Gegenzug für eine Amnestie zu tilgen. Die Regierung lehnte das Angebot ab.

Das Cali-Kartell erhielt seinen Namen von der Stadt Cali, die am Fluss Cali im Westen Kolumbiens liegt. Sie ist älter als die Stadt Medellin. Das Cali-Kartell war ein loser Haufen von Drogenhändlern, der von Gilberto Rodriguez Orezuela, einem Bankier von Beruf, seinem Bruder Miguel, einem Anwalt, und einem dritten Bruder José Santacruz Londoño gegründet wurde.

Die Rolle der USA Die USA waren der Hauptleidtragende dieses illegalen Drogenhandels, weil 80 % des Kokains aus Kolumbien und anderen lateinamerikanischen Ländern in die USA gelangten. Die US-Regierung hatte den Drogen produzierenden und liefernden Ländern erhebliche Mittel für Anti-Drogen-Aktivitäten zur Verfügung gestellt. Aber die Kartelle Medellin und Cali waren extrem mächtig und rücksichtslos. Sie boten riesige Bestechungsgelder an und eliminierten im Falle einer Ablehnung einfach diejenigen, die ihnen im Weg standen.

Demoralisiert durch Korruption und praktisch gelähmt vor Angst, waren die kolumbianischen Gerichte nicht bereit, den Kampf gegen die mächtigen Drogenhändler zu unterstützen oder fortzusetzen. Jeder Verurteilung folgte ein Vergeltungsmord. Kein Wunder, dass sich sogar der Oberste Gerichtshof weigerte, den Auslieferungsvertrag zwischen den USA und Kolumbien umzusetzen.

Am 18. Januar 1989 massakrierte das Medellin-Kartell alle zwölf Mitglieder einer Justizkommission, die nach Barrancabermeja gekommen war, um einige Untersuchungen durchzuführen. Am 16. August 1989 ermorden sie den Richter am Obersten Strafgericht von Bogota, Carlos Henrique Valencia Garcia, nachdem er den Haftbefehl des medellinischen Drogenhändlers Gonzalo Rodriguez Gacha unterzeichnet hatte, dem vorgeworfen wurde, im Oktober 1987 den linken Politiker Jaime Pardo Leal ermordet zu haben. Am 18. August 1989 wurde der Polizeichef Oberstleutnant Valdemar Franlin, der erfolgreiche Überfälle auf die Drogenproduktionszentren des Medellin-Kartells organisiert hatte, wurde ermordet.

Am selben Tag wurde auch Luis Carlos Galan Sarmineto, der als zukünftiger Präsident gilt, ermordet, weil er die Vorherrschaft der großen Drogenhändler im politischen und wirtschaftlichen Leben des Landes scharf verurteilt hatte. Das Medellin-Kartell hatte für seinen Mord ein Todesurteil (Supari) in Höhe von 5.000.000 US-Dollar erlassen.

Die Mordserie veranlasste Präsident Vergilio Barco Vargas, eine Reihe von Notfallmaßnahmen zu verkünden, die einer virtuellen Niederschlagung des Medellin-Kartells gleichkamen. Er appellierte an den US-Präsidenten um verstärkte Hilfe. Präsident George Bush reagierte sofort mit einem Notfall-Militärpaket in Höhe von insgesamt 65.000.000 US-Dollar. Escobar schlägt zurück. Er kündigte eine Belohnung von 4.000 US-Dollar für jeden an, der einen Polizisten tötet, und drohte, 10 Richter für jeden Drogenhändler zu töten, den sie in die USA deportieren ließen.

Am 15. Dezember 1989 erschoss die Anti-Drogen-Truppe der kolumbianischen Polizei Gonzalo Rodriguez Gacha, den Militärchef des Medellin-Kartells, 600 Kilometer nördlich von Bogotá.

Am 11. August 1990 erschossen kolumbianische Sicherheitskräfte Gustavo de Jesus Gaviria Rivero, den damaligen Chef des Medellin-Kartells (weil der wahre Führer und Gustavos Cousin Pablo Escobar Gaviria untergetaucht war) in der Stadt Medellin.

Um die wahnsinnige Flut von Morden zu stoppen, bot die kolumbianische Regierung den Drogenhändlern am 8. Oktober 1990 eine Garantie an, dass sie, wenn sie sich freiwillig ergeben würden, nicht an die USA ausgeliefert würden und ihre Strafen erheblich reduziert würden. Zwischen 1989 und 1991 verhaftete und deportierte Kolumbien 26 Kartellmitglieder in die USA. Aber am 19. Januar 1991 hob der kolumbianische Kongress das Gesetz auf, das die Auslieferung von Drogenhändlern erlaubte, und die neue Verfassung, die am 5. Juli 1991 in Kraft trat, verbot die Auslieferung. Escobar kapitulierte 1991, aber zu seinen eigenen Bedingungen. Er würde nicht in die USA abgeschoben und in einem Gefängnis festgehalten werden, das nach seinen Vorgaben gebaut wurde, angeblich zu seiner Sicherheit. Das speziell für ihn errichtete Gefängnis verfügte über einen Swimmingpool, einen Tennisplatz, eine Sauna, Telefone, Fax und sein persönliches Sicherheitspersonal. Eigentlich kontrollierte Escobar sein Drogenimperium von diesem sogenannten Gefängnis aus.

Der Begriff Narco-Terrorismus selbst wurde 1983 vom ehemaligen peruanischen Präsidenten Fernando Belaúnde Terry geprägt, als er terroristische Angriffe gegen die Anti-Drogen-Polizei seines Landes beschrieb. Der Narkoterrorismus bezog sich in seinem ursprünglichen Kontext auf die Versuche von Drogenhändlern, die Politik einer Regierung oder einer Gesellschaft durch Gewalt und Einschüchterung zu beeinflussen und die

Durchsetzung von Antidrogengesetzen durch die systematische Androhung oder Anwendung solcher Gewalt zu behindern.

In der Zeit von 1984 bis 1993 war Kolumbien als eines der Länder bekannt, die eine Reihe von Terroranschlägen erlitten, die von Drogenhändlern wie Pablo Escobar gegen die kolumbianische Regierung verübt wurden. Am 30. April 1984 tötete ein Motorradschütze des Medellin-Kartells Rodrigo Lara Bonilla, den Justizminister. Am 6. November 1985 um 11:35 Uhr stürmten drei Fahrzeuge mit 35 Guerillas (25 Männer und 10 Frauen) den Justizpalast von Kolumbien und drangen durch den Keller ein. In der Zwischenzeit übernahm eine weitere Gruppe von als Zivilisten getarnten Guerillas den ersten Stock und den Haupteingang. Die Guerillas töteten die Wachleute Eulogio Blanco und Gerardo Díaz Arbeláez sowie den Gebäudemanager Jorge Tadeo Mayo Castro. Der offizielle Bericht urteilte, dass die Guerillas die Übernahme als "blutige Übernahme" planten. Den offiziellen Quellenhttps://en.wikipedia.org/wiki/Palace_of_Justice_siege - cite_note-Judicatura. 2005 p. 102-11 zufolge "machten sich die Guerillas auf, wahllos zu schießen und Gebäude schüttelnde Bomben zu zünden, während sie M19-lobende Schlachtrufe sangen."

Die M-19 verlor während des ersten Überfalls auf das Gebäude eine Guerilla und eine Krankenschwester.https://en.wikipedia.org/wiki/Palace_of_Justice_siege - cite_note-Judicatura. 2005 p. 173-13 Nachdem die Guerillas das Sicherheitspersonal, das das Gebäude bewachte, neutralisiert hatten, installierten sie bewaffnete Posten an strategischen Stellen wie der Treppe und dem vierten Stock. Eine Gruppe von Guerillas unter der Leitung von Kommandant Luis Otero stieg in den vierten Stock und entführte den Obersten Richter Alfonso Reyes Echandía, den Präsidenten des Obersten Gerichtshofs. https://en.wikipedia.org/wiki/Palace_of_Justice_siege - cite_note-Judicatura. 2005 p. 173-13In der Zwischenzeit suchten viele Geiseln Zuflucht in leeren Büros im ersten Stock, wo sie sich bis etwa 14 Uhr versteckten.

Die Angreifer nahmen 300 Personen als Geiseln, darunter die 24 Richter und 20 weitere Richter. Die erste Geisel, um die die

Guerillagruppe bat, war der Richter des Obersten Gerichtshofs und Präsident des Verfassungsgerichts, damals Sala Constitucional, Manuel Gaona Cruz, der fürhttps://en.wikipedia.org/wiki/Palace_of_Justice_siege - cite_note-14 die Entscheidung des Gerichts in Bezug auf die Verfassungsmäßigkeit des Auslieferungsvertrags zwischen Kolumbien und den USA zuständig war. Etwa drei Stunden nach der ersten Beschlagnahme retteten Armeetruppen etwa 200 Geiselnhttps://en.wikipedia.org/wiki/Palace_of_Justice_siege - cite_note-15 aus den unteren drei Stockwerken des Gebäudes und die überlebenden Bewaffneten und die verbleibenden Geiseln, die die oberen zwei Stockwerke besetzten. Die M-19-Mitglieder forderten per Telefon, dass Präsidentin Belisario Betancur in den Justizpalast kommen solle, um zu verhandeln. Der Präsident lehnte ab. Die Rückeroberung des Gebäudes begann an diesem Tag und endete am 7. November 1985, als Armeetruppen den Justizpalast stürmten und die Macht übernahmen.

Oberst Alfonso Plazas Vega, Kommandant eines gepanzerten Kavallerie-Bataillons, überwachte persönlich die Operationen. Die Belagerung des Justizpalastes und die anschließende Razzia war einer der tödlichsten Angriffe in Kolumbien in seinem Krieg mit linken Rebellen. 98 Menschen starben. Im Jahr 2010 wurde der pensionierte Oberst Alfonso Plazas Vega wegen seiner angeblichen Rolle beim Verschwindenlassen nach der Belagerung zu 30 Jahren Gefängnis verurteilt. Am 16. Dezember 2015 wurde Oberst Plazas Vega jedoch vom Obersten Gerichtshof Kolumbiens in einer Abstimmung von fünf zu drei Stimmen für unschuldig erklärt und von seiner vorherigen 30-jährigen Haftstrafe freigesprochen.

Avianca-Flug 203 war ein kolumbianischer Inlandsflug von El Dorado International Airport in Bogotá zum Alfonso Bonilla Aragón International Airport in Cali, Kolumbien. Das Flugzeug war eine Boeing 727-21, die 1966 gebaut wurde. Am 27. November 1989 wurde es durch Plastiksprengstoff über der Gemeinde Soacha gesprengt. https://en.wikipedia.org/wiki/Avianca_Flight_203 - cite_note-20years-1 Alle 107 Menschen an Bord sowie 3 Menschen am Boden kamen ums Leben. Der Bombenanschlag war vom

Drogenboss Pablo Escobar vom Medellín-Drogenkartell angeordnet worden https://en.wikipedia.org/wiki/Medell%C3%ADn_Cartel, um César Gaviria Trujillo, den Präsidentschaftskandidaten der Wahlen von 1990, zu töten. Glücklicherweise war César Gaviria Trujillo nicht im Flug. Er überlebte und gewann die Wahlen zum Präsidenten.

Das Cali-Kartell wollte Escobar erledigen. 1989 engagierten sie Jorge Salcedo Cabrera, einen Bauingenieur, der ihnen bei der Ermordung von Pablo Escobar helfen sollte. Salcedo hatte zuvor im Auftrag britischer Kommandos gearbeitet, die mit der kolumbianischen Regierung zusammenarbeiteten, um den Revolutionären Streitkräften Kolumbiens entgegenzuwirken. Sie heuerten Salcedo an, weil er sich in der Vergangenheit mit einer Gruppe von Söldnern angefreundet und sie angeheuert hatte, um in einer vom kolumbianischen Militär genehmigten Operation Krieg gegen die linken Guerillatruppen zu führen. Die Söldnergruppe bestand aus 12 ehemaligen Spezialeinsatzkräften, darunter der britische Special Air Service. Salcedo hielt es für seine patriotische Pflicht und akzeptierte den Deal, die Söldner zurück nach Kolumbien zu bringen und bei der Planung der Operation zur Ermordung von Pablo Escobar zu helfen. Die Gruppe britischer Ex-Soldaten nahm das Angebot an. Das Cali-Kartell stellte den Söldnern Nahrung, Unterkunft und Waffen zur Verfügung.

Salcedo hatte geplant, Escobar auf seinem Gelände Hacienda Nápoles anzugreifen. Sie trainierten für ein paar Monate, bis sie hörten, dass Escobar auf dem Gelände bleiben würde, um den Sieg seiner Fußballmannschaft zu feiern. Sie planten, das Gelände mit zwei schwer bewaffneten Hughes 500 bewaffneten https://en.wikipedia.org/wiki/MD_Helicopters_MD_500 Hubschraubern zu betreten und Escobar am frühen Morgen zu töten. Um die Zuschauer zu verwirren, lackierten sie die Hubschrauber so, dass sie wie Polizeihubschrauber aussahen. Sie starteten und machten sich auf den Weg zum Gelände, aber einer der Hubschrauber stürzte auf einen Berghang, nur wenige Minuten vom Gelände entfernt. Der Pilot kam bei dem Absturz ums Leben. Der Plan wurde abgebrochen und sie mussten eine Rettungsmission am dichten Berghang durchführen.

Der zweite Plan, Escobar zu töten, bestand darin, das Gefängnis mit einem A-37 Dragonfly-Überschuss-Bodenangriffsdüsenbomber in Privatbesitz zu bombardieren. Das Cali-Kartell hatte eine Verbindung in El Salvador - ein General des Militärs von El Salvador, der ihnen illegal vier 500-Pfund-Bomben für etwa eine halbe Million Dollar verkaufte.

Salcedo flog nach El Salvador, um den Plan zu überwachen, die Bomben aufzunehmen und sie zu einem Flugplatz zu bringen, wo ein ziviler Jet landen würde, um sie abzuholen und nach Kolumbien zu bringen. Aber als der Jet auf dem Flugplatz landete, stellten sie fest, dass es sich um einen kleinen Executive-Jet handelte. Sie versuchten, die vier Bomben zu laden, und was ein paar Minuten dauern sollte, dauerte mehr als 20 Minuten. Zu diesem Zeitpunkt hatte sich eine Menge Zivilisten auf dem Flugplatz versammelt, die neugierig waren, was vor sich ging. Nur drei Bomben konnten in die kleine Passagierkabine passen. Der Jet hob ab. Salcedo ließ die vierte Bombe fallen und kehrte in sein Hotel zurück. Am Morgen danach waren die Aktivitäten der vorherigen Nacht überall in den Nachrichten.https://en.wikipedia.org/wiki/Cali_Cartel - cite note-Salcedo-57 Salcedo entkam kaum aus El Salvador und wurde verhaftet, bevor die verpfuschte Abholung aufgedeckt wurde.https://en.wikipedia.org/wiki/Cali_Cartel - cite note-DevilsTable-58 Strafverfolgungsbehörden hatten die Bombe entdeckt und einige der an der Operation beteiligten Personen wurden festgenommen. Sie erzählten den Behörden von dem Komplott, Escobar mit den Bomben zu töten.

Im Jahr 1992, als Escobars Prozess beginnen sollte, wollte die Regierung ihn in ein gewöhnliches Gefängnis verlegen. Er war damit nicht einverstanden. Regierungsvermittler versuchten, ihn zu überreden, aber er weigerte sich und ging buchstäblich weg.

Escobar hatte viel Reichtum angehäuft. Das Forbes-Magazin bewertete ihn von 1989 bis 1991 als den reichsten Mann der Welt mit einem persönlichen Vermögen von etwa 3 Milliarden US-Dollar im Jahr 1989. Er hatte sogar zwei U-Boote und eine Flotte kleiner Privatflugzeuge für sein Geschäft.

Am 2. Dezember 1993 wurde Escobar mit 8,7 Millionen Dollar auf dem Kopf von 500 Polizisten und Soldaten umzingelt und erschossen. Tausende von Trauernden betrauerten seinen Tod. Er war in seiner Heimat zu einer Berühmtheit geworden – spendete großzügig an Wohltätigkeitsorganisationen, baute Häuser für die Armen und ermutigte zum Fußball. Escobars Tod markierte praktisch das Ende der Vorherrschaft des Medellin-Kartells. Das Cali-Kartell übernahm 80 % des Drogengeschäfts in Kolumbien.

Pablo Escobar lebte mehrere Jahre in dem als Monaco bekannten Gebäude – eigentlich ein befestigter achtstöckiger Betonblock mit Penthouse - im Stadtteil El Poblado, einer der nobelsten Gegenden Medellins, bis 1988, als Rivalen ihn bombardierten. Die Familie Escobar verließ das Gebäude und es blieb nach Escobars Tod mehr als 25 Jahre lang leer.

Das Monaco-Gebäude war eine beliebte Touristenattraktion. Escobar, der "Kokainkönig", wurde von vielen in Kolumbien wegen seiner Wohltätigkeit und der Verteilung eines Teils seines riesigen Reichtums an Medellins Arme als eine Art Robin-Hood-Figur in Erinnerung behalten.

Nach Angaben einiger Beamter führte die Drogengewalt in Kolumbien zwischen 1983 und 1994 zur Tötung von 46.612 Menschen, wobei Escobar im Mittelpunkt stand. Seit 2018 wurden die Besucher des Gebäudes mit Plakaten konfrontiert, die sie über die grausame Zahl der Todesfälle unter Zivilisten, Polizisten, Journalisten und Richtern informierten.

Die kolumbianische Regierung wollte die dunkle Seite von Medellins gewalttätiger Vergangenheit in den Vordergrund rücken und die Geschichten der Opfer erzählen. Dies beinhaltete den Abriss des Monaco-Gebäudes.

"Es geht nicht darum, die Geschichte auszulöschen, sondern die Geschichte von der rechten Seite zu erzählen; von den Opfern und den unschuldigen Helden", twitterte das Rathaus von Medellin.

Am 22. Februar 2019 wurde das Monaco-Gebäude in einer öffentlichen Show für rund 1.600 Menschen, darunter Familien einiger Opfer von Escobar, mit Sprengstoff dem Erdboden gleichgemacht, um die Art und Weise, wie die Geschichte des Drogenbarons erzählt wird, zu verändern.

Der kolumbianische Präsident Ivan Duque flog nach Medellín, um den Abriss zu sehen, und sagte, dass der Abriss "die Niederlage der Kultur der Illegalität bedeutet".

„Es bedeutet, dass Geschichte nicht aus der Perspektive des Täters geschrieben wird".

Die kolumbianische Regierung plant, das Anwesen in einen Gedenkort zu verwandeln, um an die Opfer des Drogenhandels zu erinnern, die in den 1980er und 1990er Jahren in einem blutigen Krieg mit den Behörden getötet wurden.

Hacienda Nápoles und die Flusspferde Escobar hatte einen extravaganten und exquisiten Geschmack. Er schuf oder kaufte zahlreiche Residenzen und sichere Häuser, wobei die Hacienda Nápoles am erstaunlichsten war. Dieses luxuriöse Haus enthielt ein Kolonialhaus, einen Skulpturenpark und einen kompletten Zoo mit Tieren aus verschiedenen Kontinenten, darunter Elefanten, exotische Vögel, Giraffen und sogar Nilpferde. Escobar hatte geplant, in der Nähe eine Zitadelle im griechischen Stil zu errichten. Obwohl mit dem Bau der Zitadelle begonnen wurde, wurde sie nie fertiggestellt.

Nach Escobars Tod gab die Regierung die Ranch, den Zoo und die Zitadelle in der Hacienda Nápoles unter einem Gesetz namens Extinción de Dominio (Domain Extinction) an einkommensschwache Familien. Das Anwesen wurde in einen Themenpark umgewandelt, der von vier Luxushotels mit Blick auf den Zoo umgeben ist.

Escobar hatte vier Flusspferde in seinen privaten Zoo in der Hacienda Nápoles importiert. Nach Escobars Tod galten sie als zu schwer zu ergreifen und zu bewegen. Sie wurden auf dem unbewirtschafteten Anwesen zurückgelassen. Bis 2007 hatten sich die Flusspferde auf 16 vermehrt und waren in der Nähe des Magdalena-Flusses https://en.wikipedia.org/wiki/Magdalena_River
umhergezogen, um Nahrung zu erhalten. Im Jahr 2009 entkamen zwei Erwachsene und ein Kalb der Herde, und nachdem sie Menschen angegriffen und Rinder getötet hatten, wurde einer der

Erwachsenen („Pepe" genannt) mit Genehmigung der örtlichen Behörden von Jägern getötet. Bis Anfang 2014 wurden 40 Flusspferde in Puerto Triunfo, Antioquia, gemeldet. 2021 war die Zahl der Flusspferde auf rund 80 gestiegen. Möglicherweise müssen mehrere Flusspferde gekeult werden. https://en.wikipedia.org/wiki/Pablo_Escobar - cite_note-83

Es wurden eine Reihe von Büchern über Escobar geschrieben. Die Netflix-Serie *Narcos* ist zu einem Riesenhit geworden. Die Geschichten und Filme über Escobar haben das Leben des Drogenbarons verherrlicht.

Ernesto Samper Pizano, der von 1994 bis 1998 Präsident Kolumbiens war, erklärte, dass seine Regierung die Politik, den Kartellführern milde Kapitulationsbedingungen anzubieten, als den schnellsten Weg zur Eindämmung des Drogenhandels überprüfen werde. Er kündigte die Ernennung einer Kommission an, die Empfehlungen abgeben soll, um sicherzustellen, dass das Justizsystem angemessen mit den Drogenhändlern umgeht. Seit 1994 geben die USA viel Geld für die Luftbegasung und die manuelle Zerstörung der Kokapflanzen in Kolumbien aus. Aber Begasungsflugzeuge wurden zerstört. Die manuelle Ausrottung erwies sich als ziemlich gefährlich. Eine große Anzahl von Ausradierern oder ihren Eskorten in den Sicherheitskräften wurden durch Hinterhalte, Scharfschützen, Landminen und improvisierte Sprengsätze getötet, die zwischen den Kokapflanzen versteckt waren. Hunderte weitere wurden verwundet.

Im Jahr 2000 begannen die USA mit der Finanzierung des Plans Colombia, der darauf abzielte, Drogenpflanzen auszurotten und Maßnahmen gegen Drogenbarone zu ergreifen, die beschuldigt werden, sich am Drogenterrorismus zu beteiligen. Dies setzte sich unter der US Bush-Administration fort. Die USA waren mit dem Stand der Dinge in Kolumbien nicht zufrieden. In seinem Bericht an den Kongress und das amerikanische Volk stellte der Präsident mit ernster Besorgnis fest, dass eine Entscheidung des Obersten Gerichtshofs die Verwendung und den Besitz von Benutzermengen einiger Drogen, die ein gefährliches Klima für die Gesundheit und das Wohlergehen kolumbianischer Bürger schaffen, praktisch legalisiert hatte; dass die kolumbianische Regierung keinen Führer der Drogenkartelle verhaftet oder strafrechtlich verfolgt hatte; dass es weiterhin Gespräche über nachsichtige Plädoyer-Verhandlungsvereinbarungen gab; dass wenig unternommen worden war, um die Menschenhändler zu zwingen, ihre illegalen Gewinne aufzugeben; und schlimmer noch, die kolumbianische Regierung war nicht in der Lage, die Sicherheit von Zeugen und ihren Familien zu garantieren oder die von der US-Regierung gelieferten Beweise effektiv zu nutzen. Die US-Regierung setzte daher den Austausch von Beweisen mit der kolumbianischen Regierung in neuen Drogenfällen aus.

Aufstieg und Fall des Cali-Kartells Das Cali-Kartell wurde in den 1970er Jahren um die Stadt Cali und das Departamento Valle del Cauca gebildet. Die Gruppe bestand ursprünglich aus einem Ring von Entführern, bekannt als "Las Chemas", angeführt von Luis Fernando Tamayo García. Las Chemas war in zahlreiche Entführungen verwickelt, darunter die von zwei Schweizer Bürgern - einem Diplomaten, Herman Buff, und einem Studenten, Zack "Jazz Milis" Martin. Berichten zufolge erhielten die Entführer Lösegeld in Höhe von 700.000 US-Dollar, von dem angenommen wird, dass es zur Finanzierung ihres Drogenimperiums verwendet wurde.

Die Las Chemas-Gruppe beteiligte sich zunächst am Marihuana-Handel. Aufgrund der niedrigen Gewinnrate des Produkts und der großen Mengen, die für den Verkehr zur Deckung der Ressourcen erforderlich sind, beschloss die junge Gruppe, sich auf Kokain zu konzentrieren - eine lukrativere Droge. In den frühen 1970er Jahren schickte das Kartell Hélmer Herrera nach New York City, um ein Vertriebszentrum zu errichten, zu einer Zeit, als die United States Drug Enforcement Administration (DEA) Kokain als weniger wichtig als Heroin ansah.

Die Gründer von Cali Cartel waren drei Brüder - Gilberto Rodríguez Orejuela, Miguel Rodríguez Orejuela und José Santacruz Londoño. In den späten 1980er Jahren trennten sie sich von Pablo Escobar und seinen Mitarbeitern in Medellín. Als Hélmer „Pacho" Herrera der Gruppe beitrat, wurde es ein vierköpfiger Vorstand, der das Kartell leitete.

Es wird angenommen, dass ein angeheuerter Attentäter versucht hat, Herrera zu töten, während er an einer Sportveranstaltung teilnahm. Der Schütze eröffnete das Feuer mit einem Maschinengewehr auf die Menge, in der Herrera saß, und tötete 19. Er traf jedoch nicht Herrera. Herrera soll ein Gründungsmitglied von Los Pepes gewesen sein, einer Gruppe, die mit Behörden zusammenarbeitete, um Pablo Escobar zu töten oder gefangen zu nehmen.

Das Cali-Kartell operierte als eine enge Gruppe unabhängiger krimineller Organisationen, im Gegensatz zu der zentralisierten Struktur der Medellíns unter dem Führer Pablo Escobar. Laut dem damaligen DEA-Chef Thomas Constantine wurde das Cali-Kartell schließlich "das größte, mächtigste Verbrechersyndikat, das wir je gekannt haben".

Seine Mitglieder arbeiteten eher wie respektable Geschäftsleute. Die Cali-Gruppe erhielt den Spitznamen "Los Caballeros de Cali" ("Herren von Cali"). Das Cali-Kartell war weniger gewalttätig als sein Pendant in Medellín. Zwischen den Drogenkartellen Medellin und Cali kam es zu rivalisierenden Fehden, an denen zahlreiche rücksichtslose Morde beteiligt waren. Auf dem Höhepunkt der Fehden gab es täglich 10 bis 15 Morde.

Nach der Eliminierung von Escobar wurde das Cali-Kartell zur Nummer eins. Auf dem Höhepunkt ihrer Regierungszeit von 1993-1995 kontrollierte das Cali-Kartell über 80% des weltweiten Kokainmarktes und https://en.wikipedia.org/wiki/Cocaine war direkt für das Wachstum des Kokainmarktes in Europa verantwortlich, der dort ebenfalls 80% des Marktes kontrollierte.https://en.wikipedia.org/wiki/Cali_Cartel - cite note-king-3 Mitte der 1990er Jahre war das internationale Drogenhandelsimperium des Cali-Kartells ein kriminelles Unternehmen im Wert von 7 Milliarden US-Dollar pro Jahr. Das Cali-Kartell machte mehrere Innovationen im Handel und in der Produktion. Sie verlegte ihre Raffineriebetriebe von Kolumbien nach Peru und Bolivien. Sie leistete Pionierarbeit auf neuen Handelsrouten durch Panama. Das Cali-Kartell diversifizierte sich auch in Opium und soll einen japanischen Chemiker hinzugezogen haben, um seinen Raffineriebetrieb zu unterstützen. Gilberto konnte Vorstandsvorsitzender der Banco de Trabajadores werden. Es wird angenommen, dass diese Bank verwendet wurde, um Gelder für das Cali-Kartell sowie für das Medellín-Kartell von Pablo Escobar zu waschen.

Am 4. Juni 1995 verhaftete die kolumbianische Polizei Santa Cruz London, ein Gründungsmitglied des Cali-Kartells und der drittwichtigste Cali-Kartellführer.

Am 9. Juni 1995 verhafteten sie Gilberto Rodriguez Orezuela, ein wichtiges Mitglied des Cali-Kartells. Mehrere andere wichtige Mitglieder kapitulierten. Sowohl das Medellin- als auch das Cali-Kartell wurden praktisch zerstört. Aber kleine Timer kamen und übernahmen den Handel. Im Juli 1996 erklärte eine weibliche Informantin der U.S. Drug Enforcement Agency im Cali-Kartell mit dem Codenamen "Maria" vor dem US-Senatsausschuss für auswärtige Beziehungen, dass, obwohl sechs Cali-Kartellführer 1995 in Kolumbien in Gefängnissen eingesperrt waren, das Cali-Kartell nicht liquidiert worden sei. Die Anführer kontrollierten das Geschäft weiterhin aus dem Gefängnis heraus. Sie erklärte weiter, dass Präsident Ernesto Samper Pizano Kontakte zum Cali-Kartell hatte und Geld von ihnen genommen hatte. Im Jahr 1996 hat der kolumbianische Kongress jedoch Präsident Ernesto Samper Pizano von drogenbedingten Korruptionsvorwürfen freigesprochen. Die Auslieferung war in Kolumbien gemäß der Verfassung von 1991 verboten worden. Am 23. Oktober 1996 genehmigte ein kolumbianischer Senatsausschuss eine vorgeschlagene Verfassungsänderung zur Wiedereinführung der Auslieferung kolumbianischer Staatsangehöriger, die zur Verhandlung in anderen Ländern gesucht werden. Diese Änderung wurde auf Druck der USA vorgenommen.

Am 17. Januar 1997 verurteilte ein Cali-Gericht die beiden Brüder - Miguel und Gilberto Rodrigues Orejuela vom Cali-Kartell, die 1995 verhaftet wurden, wegen Drogenhandels, illegaler Bereicherung und Verschwörung zu 8 bzw. 10 Jahren Haft. Sie erhielten eine Reduzierung ihrer Strafen für ihr Geständnis und für die Unterwerfung unter die kolumbianischen Verhandlungsgesetze. Sie könnten eine weitere Reduzierung von fünfzig Prozent der Strafen für die Arbeit im Gefängnis erhalten. Gilberto und Miguel wurden 2006 an die USA ausgeliefert. Am 26. September 2006 bekannten sich beide vor einem Gericht in Miami, Florida, der Verschwörung zur Einfuhr von Kokain in die USA schuldig. Nach ihrem Geständnis stimmten sie zu, Vermögenswerte in Höhe von 2,1 Milliarden US-Dollar einzubüßen. Die Vereinbarung verpflichtete sie jedoch nicht zur Zusammenarbeit bei anderen Ermittlungen. Sie waren allein verantwortlich für die Identifizierung der Vermögenswerte, die aus ihrem Kokainhandel stammen. Kolumbianische Beamte überfielen und beschlagnahmten die Drogas la Rebaja-Apothekenkette und ersetzten 50 ihrer 4.200 Arbeiter mit der Begründung, dass sie "den Interessen des Cali-Kartells dienten".

Die Brüder bekannten sich schuldig im Austausch dafür, dass die USA zustimmten, keine Anklage gegen ihre Familienmitglieder zu erheben. Beide wurden zu 30 Jahren Gefängnis verurteilt. Ihre Anwälte David Oscar Markus und Roy Kahn konnten Immunität für 29 Familienmitglieder erlangen. Gilberto Rodríguez Orejuela verbüßt seine 30-jährige Haftstrafe in der Federal Correctional Institution, Butner, einer Einrichtung für mittlere Sicherheit in North Carolina mit einem Veröffentlichungsdatum vom 9. Februar 2030, als er 90 Jahre alt wäre.

Nach 2012 stieg der Kokaanbau in Kolumbien auf ein beispielloses Niveau. Als die kolumbianische Regierung zustimmte, Miguel und Gilberto Rodriguez-Orejuela nach Miami auszuliefern, um sich der Anklage zu stellen, dass sie das größte Kokainkartell der Welt betrieben, taten sie dies mit dem Verständnis, dass die Brüder nicht wegen vor 1997 begangener Handlungen angeklagt werden würden. Dies stand im Einklang mit dem Auslieferungsabkommen der kolumbianischen Regierung mit den USA.

Heute wird der kolumbianische Kokainhandel nicht von großen Kartellen dominiert, sondern von einer fragmentierten Konstellation bewaffneter und krimineller Gruppen. Dazu gehören Fronten der ELN-Guerillas; die neoparamilitärische Gruppe des Golfclans; mehrere FARC-Dissidentengruppen; mehrere regionale kriminelle Organisationen; kleine, allgemein wenig bekannte kolumbianische Strukturen der organisierten Kriminalität; und Vertreter brasilianischer, mexikanischer und venezolanischer Organisationen des kriminellen Menschenhandels. Diese Gruppen stehen sich häufig gegenüber, aber oft kooperieren sie auch. Sobald Kokain kolumbianisches Territorium verlässt, ist es viel weniger wahrscheinlich, dass es von Kolumbianern gehandelt wird, als es vor 20 oder 25 Jahren der Fall war.

Queenpin Griselda Blanco – La Madrina oder die Patin Fast alle Top-Führungskräfte oder "Königszapfen" im Drogenhandel waren Männer. Eine der rücksichtslosesten Drogen "Queenpins" aller Zeiten war Griselda Blanco, mit dem Spitznamen "La Madrina" oder "Die Patin". Blanco war eine der wichtigen Figuren im Zusammenhang mit dem Medellín-Kartell und eine zentrale Figur in den gewalttätigen Drogenkriegen in Miami in den 1970er und 1980er Jahren. Ihr wird zugeschrieben, eine Mentorin von Escobar zu sein, der später ihr Feind wurde.

Blanco wurde am 15. Februar 1943 in Santa Marta, Kolumbien, geboren. Sie wuchs in Armut auf. Ihr kriminelles Leben begann in jungen Jahren. Einigen Berichten zufolge half sie, einen Jungen im Alter von 11 Jahren zu entführen, und nachdem seine wohlhabende Familie sich geweigert hatte, das Lösegeld zu zahlen, erschoss sie ihn tödlich. Sie soll auch Taschendiebin und Prostituierte gewesen sein. Noch als Teenager heiratete sie einen Kleinkriminellen. Das Paar hatte drei Kinder. Später ließen sie sich jedoch scheiden. Blanco soll den Mord an ihrem Mann einige Jahre später angeordnet haben.

In den frühen 1970er Jahren begann sie eine Beziehung mit Alberto Bravo, einem Drogenhändler, den sie schließlich heiratete. Durch Alberto wurde sie in den Kokainhandel verwickelt. Mit New York City als Basis begann das Paar, die Droge in die USA zu schmuggeln. Blanco entwarf BHs, Gürtel und Dessous, die speziell für den Kokainschmuggel hergestellt wurden. Sie verließ Kolumbien in den frühen 70er Jahren und ließ sich in Queens, New York, nieder, wo sie eine groß angelegte Operation aufbaute. 1975 fing die Regierung eine riesige Kokainlieferung ab und sie wurde angeklagt. Blanco floh zurück nach Kolumbien, aber es dauerte nicht lange, bis sie zurückkehrte. Diesmal nach Miami. In den 1980er Jahren malte Blanco Miami weiß und rot - weiß mit Kokain und rot mit dem Blut von Drogenrivalen. Zu ihrer bevorzugten Tötungsmethode gehörten Drive-by-Shootings mit dem Motorrad. Miami erlebte eine Welle von Verbrechen im Zusammenhang mit Blanco, einschließlich eines Angriffs mit Maschinengewehren in einem Einkaufszentrum. Blancos heiße Tage wurden als Miami-Drogenkrieg bezeichnet. Während dieser Gewalt herrschte ein Umfeld völliger Gesetzlosigkeit und Störung. Die Strafverfolgungsbehörden bildeten die Central Tactical Unit (CENTAC 26) - eine gemeinsame Operation der Drug Enforcement Administration Anti-Drug Operation und des Miami-Dade Police Department, um dem Zustrom von Kokain nach Miami ein Ende zu setzen.

Blanco wurde von Rivalen ins Visier genommen und fürchtete um ihr Leben. 1984 zog sie nach Kalifornien. Im folgenden Jahr wurde sie jedoch verhaftet und nach New York gebracht, um sich den Drogenvorwürfen von 1975 zu stellen. 1985 wurde sie für schuldig befunden und zu einer Höchststrafe von 15 Jahren Gefängnis verurteilt, obwohl sie Berichten zufolge ihr Imperium aus dem Gefängnis heraus weiterführte. Während dieser Zeit versuchten Beamte, zusätzliche Anklage gegen Blanco zu erheben, der in mehr als 200 Morde verwickelt war. Im Jahr 1998 bekannte sich Blanco schließlich schuldig, im Austausch für eine reduzierte Strafe. Sechs Jahre später wurde sie freigelassen und nach Kolumbien abgeschoben.

Blanco stiftete zwischen 40 und 250 Morde an, darunter ein paar persönliche (sie erschoss einen ihrer Ehemänner aus nächster Nähe wegen eines Drogendeals). Schließlich wurde Blanco eingesperrt, aber das hielt sie nicht auf. Von innen plante sie, John F. Kennedy, Jr. in einem Plan zu entführen, der nur durch den Verrat eines Insiders vereitelt wurde.

Blanco schwelgte in ihrem "Patin" -Status und benannte ihren jüngsten Sohn Michael Corleone nach der Figur in Der Pate. Wie eine Figur in einem Film hatte sie jedoch ein ironisches und tragisches Ende. Im Jahr 2012 wurde Blanco vor einer Metzgerei in Medellín von einem Attentäter auf einem Motorrad erschossen, ermordet auf die gleiche Weise, wie sie es so oft getan hatte, um ihre eigenen Feinde zu vertreiben.

Blanco wurde zu einem der reichsten Drogenhändler der Welt. Berichten zufolge schmuggelte sie jährlich mehr als drei Tonnen Kokain in die USA - rund 80 Millionen Dollar pro Monat. Ihr Vermächtnis war so, dass sie durch das Medium Filme, Bücher, Dokumentationen, wie die anderen zwei Drogenbarone Al Capone und Pablo Escobar.

General Manuel Antonio Noriega und die Panama-Verbindung Die USA hatten langjährige Beziehungen zu General Manuel Antonio Noriega aus Panama. General Noriega diente ab 1967 als US-Geheimdienstmitarbeiter und bezahlter Informant der Central Intelligence Agency (CIA), einschließlich der Zeit, als George Herbert Walker Bush Chef der CIA war (1976–77). Mitte der 1980er Jahre begannen sich die Beziehungen zwischen General Noriega und den USA zu verschlechtern. 1986 eröffnete US-Präsident Ronald Reagan Verhandlungen mit General Noriega und forderte den panamaischen Führer auf, zurückzutreten, nachdem er von Seymour Hersh in der New York Times öffentlich bloßgestellt worden war und später in den Iran-Contra-Skandal verwickelt wurde. Reagan setzte ihn mit mehreren drogenbezogenen Anklagen vor US-Gerichten unter Druck. Da die Auslieferungsgesetze zwischen Panama und den USA jedoch schwach waren, ignorierte General Noriega diese Drohungen und unterwarf sich nicht Reagans Forderungen.https://en.wikipedia.org/wiki/United_States_invasion_of_Panama_-_cite_note-Buckley-13 Im Januar 1988 sagte ein verurteilter amerikanischer Drogenschmuggler, Stephen M. Kalish, den Ermittlern des US-Senats, dass er General Noriega, dem Kommandeur der Streitkräfte Panamas, Millionen von Dollar in bar als Schmiergelder für seine Hilfe beim Drogenhandel und der Geldwäsche gegeben habe.
1988 begannen Elliot Abrams und andere im Pentagon, auf eine US-Invasion in Panama zu drängen, aber aufgrund von Bushs Verbindungen zu General Noriega durch seine früheren Positionen in der CIA und der Task Force on Drugs und deren potenziell negativen Auswirkungen auf Bushs Präsidentschaftskampagne lehnte Reagan ab.

1988 wurde General Noriega von US-Bundesgerichten in Miami und Tampa wegen Drogenhandels angeklagt. Die Anklage beschuldigte ihn, "Panama in eine Versandplattform für südamerikanisches Kokain zu verwandeln, das für die USA bestimmt war, und zuzulassen, dass Drogenerlöse in panamaischen Banken versteckt werden".

Die USA marschierten am 20. Dezember 1989 in Panama ein. Die Militäroperationen dauerten mehrere Wochen, hauptsächlich gegen Militäreinheiten der panamaischen Armee. General Noriega blieb mehrere Tage auf freiem Fuß. Aber angesichts der massiven Fahndung und einer Belohnung von 1 Million US-Dollar für seine Gefangennahme hatte er nur noch wenige Optionen. Er suchte Zuflucht in der diplomatischen Vertretung des Vatikans in Panama-Stadt, wo er 10 Tage blieb. Schließlich, am 3. Januar 1990, ergab sich General Noriega dem US-Militär.

1992 verurteilte ein US-Bundesgericht General Noriega wegen Kokainhandel, Erpressung und Geldwäsche. Er erhielt eine 40-jährige Haftstrafe, aber seine Haftstrafe wurde später reduziert. General Noriega beendete seine Strafe am 9. September 2007, nachdem er 17 Jahre im Gefängnis gesessen hatte.

Da er jedoch gegen seine Auslieferung nach Frankreich Berufung eingelegt hatte, wo er 1999 in Abwesenheit vor Gericht gestellt und wegen Geldwäsche und anderer Verbrechen verurteilt worden war, blieb er im Gefängnis. Im Jahr 2010 weigerte sich der Oberste Gerichtshof der USA, seine Berufung anzuhören. Im April wurde General Noriega nach Frankreich ausgeliefert, wo er im Juni vor Gericht gestellt wurde. Im folgenden Monat wurde er zu sieben Jahren Gefängnis verurteilt. Im Jahr 2011 stimmte Frankreich jedoch zu, General Noriega nach Panama auszuliefern, wo er in Abwesenheit vor Gericht gestellt und wegen Mordes an politischen Gegnern verurteilt worden war, einschließlich des eklatanten und brutalen Mordes an Hugo Spadafora, einem lautstarken Gegner. General Noriega kehrte am 11. Dezember 2011 in sein Heimatland zurück, wo er drei 20-jährige Haftstrafen verbüßte.

Rechtmäßigkeit des US-Angriffs Die US-Regierung berief sich auf die Selbstverteidigung als rechtliche Rechtfertigung für ihre Invasion in Panama. Mehrere Gelehrte und Beobachter sind der Meinung, dass die Invasion nach internationalem Recht illegal war. Nach Ansicht dieser Experten waren die von der US-Regierung vorgebrachten Begründungen für die Invasion sachlich unbegründet. Darüber hinaus lieferten sie, selbst wenn die Rechtfertigungen völkerrechtlich richtig gewesen wären, keine ausreichende rechtliche Rechtfertigung für die Invasion.https://en.wikipedia.org/wiki/United_States_invasion_of_Panama - cite_note-55

Artikel 2 der Charta der Vereinten Nationen, ein Eckpfeiler des Völkerrechts, verbietet die Anwendung von Gewalt durch die Mitgliedstaaten zur Beilegung von Streitigkeiten, außer zur Selbstverteidigung oder wenn dies vom Sicherheitsrat der Vereinten Nationen genehmigt wurde.

Die Artikel 18 und 20 der Charta der Organisation Amerikanischer Staaten, die zum Teil als Reaktion auf die Geschichte der US-Militärinterventionen in Mittelamerika geschrieben wurden, verbieten auch ausdrücklich die Anwendung von Gewalt durch die Mitgliedstaaten: „Kein Staat oder keine Gruppe von Staaten hat das Recht, direkt oder indirekt, aus welchem Grund auch immer, in die inneren Angelegenheiten eines anderen Staates einzugreifen." (Charta der Organisation Amerikanischer Staaten (OAS), Artikel 18.). Artikel 20 der OAS-Charta besagt, dass "das Hoheitsgebiet eines Staates unverletzlich ist; es darf nicht Gegenstand einer militärischen Besetzung oder anderer Gewaltmaßnahmen eines anderen Staates sein, weder direkt noch indirekt, aus welchem Grund auch immer."https://en.wikipedia.org/wiki/United_States_invasion_of_Panama - cite_note-56

Die USA hatten die UN-Charta und die OAS-Charta ratifiziert und gehören daher gemäß der Supremacy-Klausel der US-Verfassung in den USA zu den höchsten Gesetzen des Landes. Andere Völkerrechtsexperten, die die rechtliche Rechtfertigung der US-Invasion geprüft haben, sind zu dem Schluss gekommen, dass der Angriff auf Panama eine "grobe Verletzung" des Völkerrechts darstellt.https://en.wikipedia.org/wiki/United_States_invasion_of_Panama - cite_note-57

In der 88. Plenarsitzung am 29. Dezember 1989 hat die Generalversammlung der Vereinten Nationen mit der Resolution

Nr. A/RES/44/240, verabschiedete eine Resolution, die die bewaffnete Invasion der USA in Panama 1989 nachdrücklich bedauerte. Die Resolution stellte fest, dass die US-Invasion eine "eklatante Verletzung des Völkerrechts" sei.

Eine ähnliche Resolution, die vom Sicherheitsrat der Vereinten Nationen vorgeschlagen wurde, wurde von der Mehrheit seiner Mitgliedsstaaten unterstützt, aber von den USA, Frankreich und Großbritannien abgelehnt.

https://en.wikipedia.org/wiki/United_States_invasion_of_Panama_-_cite_note-postgraduate.ias.unu.edu-59Noriega, 83, starb am 7. März 2017 im Hospital Santo Tomás in Panama-Stadt. Er hatte sich einer Operation unterzogen, um einen gutartigen Hirntumor zu entfernen. Er war nach einer schweren Hirnblutung während der Operation in ein medizinisch induziertes Koma versetzt worden.

Mexikanische Drogenkartelle

Mexiko, das sich auf dem Weg zwischen lateinamerikanischen Ländern und den USA befindet, hatte seinen eigenen Anteil an Drogenkartellen.

In den 1960er und frühen 1970er Jahren war Mexiko in erster Linie ein wichtiger Lieferant von Marihuana, von dem die meisten in die USA gingen. Als jedoch die Bemühungen der USA in Kolumbien den Drogenfluss aus Südamerika verlangsamten, entwickelte sich Mexiko zu einer Quelle für Kokain.

Guadalajara-Kartell - Miguel Ángel Félix Gallardo Die Geburt der meisten mexikanischen Drogenkartelle kann auf den ehemaligen mexikanischen Bundespolizeibeamten Miguel Ángel Félix Gallardo (* 8. Januar 1946) zurückgeführt werden, auf den sich seine Decknamen - El Jefe de Jefes ("Der Boss der Bosse") und El Padrino ("Der Pate") - allgemein beziehen. Félix Gallardo war einer der Gründer des Guadalajara-Kartells in den 1970er Jahren. In den 1970er und 1980er Jahren kontrollierte er zusammen mit Juan García Ábrego den größten Teil des illegalen Drogenhandels in Mexiko und die Handelskorridore über die Grenze zwischen Mexiko und den USA.https://en.wikipedia.org/wiki/Mexican drug war - cite note-Time-140 Er begann mit dem Schmuggel von Marihuana und Opium in die USA und war der erste mexikanische Drogenchef, der sich in den 1980er Jahren mit https://en.wikipedia.org/wiki/Drug cartel den kolumbianischen Kokainkartellen verband. Zu dieser Zeit gab es keine anderen Drogenkartelle in Mexiko.

Durch seine Verbindungen wurde Félix Gallardo die Person an der Spitze des Medellín-Kartells, das von Pablo Escobar geleitet wurde. Dies war leicht zu bewerkstelligen, da Félix Gallardo bereits eine Infrastruktur für den Marihuana-Handel eingerichtet hatte, die bereit war, den kolumbianischen Kokainhändlern zu dienen.

Das Guadalajara-Kartell erlitt jedoch 1985 einen schweren Schlag, als der Mitbegründer der Gruppe, Rafael Caro Quintero, am 4. April 1985 aus seiner Villa in Alajuela, Costa Rica, festgenommen wurde, während er wegen des Mordes an dem DEA-Agenten Enrique "Kiki" Camarena schlief. Caro Quintero wurde wegen Mordes an Camarena und anderer Verbrechen zu 40 Jahren Haft verurteilt und nach Mexiko ausgeliefert.

Caro Quintero wurde zuerst im Federal Social Readaptation Center No. 1 Hochsicherheitsgefängnis Almoloya de Juárez, Bundesstaat Mexiko, inhaftiert. Obwohl Caro Quintero mit maximal 199 Jahren Gefängnis rechnen musste, erlaubte das mexikanische Recht in dieser Zeit den Insassen nicht, mehr als 40 Jahre zu verbüßen.

2007 wurde Caro Quintero in ein anderes Hochsicherheitsgefängnis im Bundesstaat Jalisco verlegt, das als Puente Grande bekannt ist. Im Jahr 2010 gewährte ihm ein Bundesrichter das Recht, in ein anderes Gefängnis in Jalisco verlegt zu werden.https://en.wikipedia.org/wiki/Rafael_Caro_Quintero - cite_note-26

Nach einem Antrag von Rosalía Isabel Moreno Ruiz, einer Staatsrichterin und Richterin, entschied das Staatsgericht von Jalisco, dass Caro Quintero vor einem Bundesgericht wegen Verbrechen, die auf Landesebene hätten verhandelt werden sollen, unangemessen verurteilt wurde. Als Caro Quintero in den 1980er Jahren zu seiner 40-jährigen Haftstrafe verurteilt wurde, wurde er wegen Mordes (Staatsverbrechen) und nicht wegen Drogenhandels (Bundesverbrechen) verurteilt. Der Magistrat ordnete die Freilassung von Caro Quintero an, nachdem er während seiner Regierungszeit als Anführer des Guadalajara-Kartells andere Verbrechen begangen hatte. In den frühen Morgenstunden des 9. August 2013 ordnete das Staatsgericht von Jalisco die sofortige Freilassung von Caro Quintero an. Zu diesem Zeitpunkt hatte er 28 Jahre im Gefängnis verbracht.

Die Regierung von US-Präsident Barack Obama war empört über die Freilassung von Caro Quintero. Das US-Justizministerium sagte, sie seien "extrem enttäuscht" über die Freilassung des Drogenbarons und sie würden Caro Quintero wegen anhängiger Anklagen im US-Justizminister Jesús Murillo Karam verfolgen, der ebenfalls seine

Besorgnis über den Fall zum Ausdruck brachte und erklärte, dass er über die Freilassung von Caro Quintero "besorgt" sei und dass er untersuchen werde, ob in Mexiko weitere Anklagen anhängig seien.

Am 14. August 2013, nachdem die US-Regierung eine Petition bei der mexikanischen Regierung eingereicht hatte, erteilte ein Bundesgericht der Generalstaatsanwaltschaft (spanisch: Procuraduría General de la República, PGR) einen Haftbefehl gegen Caro Quintero. Nachdem die mexikanischen Behörden Caro Quintero erneut verhaftet hatten, hatte die US-Regierung eine Höchstgrenze von 60 Tagen, um eine

formelle Auslieferungsersuchen. Der mexikanische Generalstaatsanwalt stellte jedoch klar, dass, selbst wenn Caro Quintero verhaftet wurde, er nicht für den Mord an Camarena an die USA ausgeliefert werden konnte, da das mexikanische Gesetz es Verbrechern verbot, in einem anderen Land wegen desselben Verbrechens angeklagt zu werden.

Auf jeden Fall müsste die US-Regierung, um die Auslieferungsanordnung von Caro Quintero zu erhalten, einige andere Strafanzeigen stellen und akzeptieren, dass ihm im Falle einer Verurteilung die Todesstrafe nicht droht, da es in Mexiko keine Gesetze zur Todesstrafe gibt. Nach seiner Entlassung aus dem Gefängnis am 9. August 2013 wurde Caro Quintero nicht mehr in der Öffentlichkeit gesehen

Am 7. März 2018 suchte das mexikanische Militär mit Black Hawk-Hubschraubern nach Caro Quintero und warf Marinesoldaten in die Bergdörfer La Noria, Las Juntas, Babunica und Bamopa, alle in der Gemeinde Badiraguato, aber ihre Jagd war erfolglos.

Caro Quintero gehörte zu den 15 meistgesuchten Flüchtigen von Interpol. Er wurde am 15. Juli 2022 in der Siedlung San Simón in der Gemeinde Choix von Sinaloa verhaftet und später in das Bundesgefängnis für soziale Anpassung Nr. 1, auch bekannt als "Altiplano" (in Mexiko), verlegt. Es wird angenommen, dass er 70 Jahre alt ist.

In der Zwischenzeit blieb Félix Gallardo, der den Mord an dem Agenten der Drug Enforcement Administration (DEA) Enrique

"Kiki" Camarena angeordnet hatte, unauffällig. 1987 zog er mit seiner Familie nach Guadalajara. Er wurde am 8. April 1989 in Mexiko verhaftet und von den Behörden in Mexiko und den USA wegen der Entführung und Ermordung des DEA-Agenten Enrique Camarena sowie wegen Erpressung, Drogenschmuggels und mehrerer Gewaltverbrechen angeklagt.

Gebietsaufteilung Nach seiner Verhaftung beschloss Félix Gallardo, den Handel aufzuteilen, da er effizienter und mit geringerer Wahrscheinlichkeit auf einen Schlag zu Fall gebracht werden würde. Er wies seinen Anwalt an, 1989 ein Treffen der besten Drogenhändler des Landes in einem Haus im Ferienort Acapulco einzuberufen, wo er die Plätze oder Territorien abgrenzte. Die Tijuana-Route ging an seine Neffen, die Gebrüder Arellano Felix.https://en.wikipedia.org/wiki/Miguel_%C3%81ngel_F%C3%A9lix_Gallardo_-_cite_note-division_of_turf-22 Die Ciudad Juárez-Route ging an die Familie Carrillo Fuentes. https://en.wikipedia.org/wiki/Miguel_%C3%81ngel_F%C3%A9lix_Gallardo_-_cite_note-division_of_turf-22Miguel Caro Quintero würde den Sonora-Korridor leiten. Joaquín Guzmán Loera und Héctor Luis Palma Salazar würden die Operationen an der Pazifikküste übernehmen, wobei Ismael Zambada García bald darauf dazu stieß und so zum Sinaloa-Kartell wurde. Die Kontrolle über den Korridor Matamoros, Tamaulipas - der dann zum Golfkartell wurde - würde seinem Gründer Juan García Ábrego überlassen, der dem Pakt von 1989 nicht beigetreten war.

Félix Gallardo, der als "Boss der Bosse" bekannt war, blieb einer der größten Menschenhändler Mexikos. Er behielt die Kontrolle über seine Organisation von innerhalb des Gefängnisses über Mobiltelefone, bis er 1993 in das Hochsicherheitsgefängnis Altiplano verlegt wurde, wo er einen Teil seiner 37-jährigen Haftstrafe verbüßte. Dann verlor er die verbleibende Kontrolle über die anderen Drogenbosse.

Es wird angenommen, dass das Guadalajara-Kartell vor allem deshalb florierte, weil es unter dem Schutz der Dirección Federal de Seguridad (DFS) unter ihrem Chef Miguel Nazar Haro stand. Félix

Gallardo plante immer noch, die nationalen Operationen zu überwachen.
https://en.wikipedia.org/wiki/Mexican_drug_war - cite note-autogenerated7-144Das Tijuana-Kartell, das von Mitgliedern der Familie Arellano Félix, insbesondere den Brüdern Ramon und Benjamin, gegründet wurde und Ende der 1980er Jahre gegründet wurde, wurde zu einem der mächtigsten Kartelle in Mexiko, das für den Versand von Kokain, Heroin und Methamphetamin im Wert von Hunderten von Millionen Dollar in die https://www.britannica.com/science/methamphetamine USA verantwortlich war.

Das Tijuana-Kartell sah sich jedoch einem harten und oft gewalttätigen Wettbewerb durch andere Drogenorganisationen ausgesetzt, insbesondere durch das Juárez-, das Golf- und das Sinaloa-Kartell. Es gab fortwährende Konflikte und Auseinandersetzungen zwischen den verschiedenen Kartellen. All dies

führte zu politischem, sozialem und militärischem Chaos und schließlich zum mexikanischen Drogenkrieg, auch Mexikos Krieg gegen Drogen genannt. Felipe Calderón von der PAN-PARTEI wurde am 11. Dezember 2006 Präsident von Mexiko. Er verfolgte die Drogenbarone, gefolgt von anderen nachfolgenden Präsidenten.

In der Zwischenzeit beschwerte sich Félix Gallardo, der im Gefängnis saß, dass er unter schlechten Bedingungen lebte. Er beschwerte sich, dass er an Schwindel, Taubheit, Verlust eines Auges und Durchblutungsstörungen litt; dass er in einer 240 × 440 cm (8 x 14 ft) großen Zelle lebte, die er nicht einmal verlassen durfte, um das Erholungsgebiet zu nutzen.https://en.wikipedia.org/wiki/Miguel_%C3%81ngel_F%C3%A9lix_Gallardo - cite_note-16 Im März 2013 leitete Félix Gallardo ein Gerichtsverfahren ein, um seine Haftstrafe zu Hause fortzusetzen, nachdem er seinen 70. Geburtstag (8. Januar 2016) erreicht hatte.https://en.wikipedia.org/wiki/Miguel_%C3%81ngel_F%C3%A9lix_Gallardo - cite_note-17 Am 29. April 2014 lehnte ein mexikanisches Bundesgericht den Antrag von Félix Gallardo auf

Verlegung aus dem Hochsicherheitsgefängnis in ein Gefängnis mittlerer Sicherheit ab. Am 18. Dezember 2014 genehmigten die Bundesbehörden jedoch seinen Antrag, ihn aufgrund seines abnehmenden Gesundheitszustands in ein Gefängnis mittlerer Sicherheit in Guadalajara (Bundesstaat Jalisco) zu verlegen.

Am 20. Februar 2019 lehnte ein Gericht in Mexiko-Stadt seinen Antrag auf Vollstreckung der restlichen Strafe in seiner Wohnung ab. Das Gericht stellte fest, dass die Verteidigung von Félix Gallardo ihnen keine ausreichenden Beweise lieferte, um zu beweisen, dass seine gesundheitlichen Probleme sein Leben gefährdeten. Am 12. September 2022 wurde Felix Gallardo, jetzt 76 Jahre alt, Hausarrest bewilligt und am 13. September 2022 in seine Wohnung verlegt.

Sinaloa-Kartell - Joaquín "El Chapo" Guzmán Nach der Verhaftung des Golfkartellführers Osiel Cárdenas im März 2003 begann das Sinaloa-Kartell, die Vorherrschaft des Golfkartells über den begehrten Korridor im Südwesten von Texas anzufechten. Die "Föderation" war das Ergebnis eines Abkommens aus dem Jahr 2006 zwischen mehreren Gruppen im pazifischen Bundesstaat Sinaloa, aber es kam häufig zu Kämpfen. Das Sinaloa-Kartell wurde von Joaquín "El Chapo" Guzmán angeführt, dem meistgesuchten Drogenhändler Mexikos mit einem geschätzten Nettowert von 1 Milliarde US-Dollar. Laut dem Profil des Forbes-Magazins war er der 1140. reichste Mann der Welt und der 55. mächtigste.https://en.wikipedia.org/wiki/Mexican_drug_war - cite_note-Xb4an-149

El Chapo wurde in Sinaloa in einer armen Bauernfamilie geboren und wuchs dort auf. Er trat in seinem frühen Erwachsenenalter durch seinen Vater in den Drogenhandel ein und half ihm, Marihuana für lokale Händler anzubauen. In den späten 1970er Jahren begann El Chapo mit Héctor Luis Palma Salazar zu arbeiten, einem der aufstrebenden Drogenbarone Mexikos. El Chapo half Salazar, Routen zu kartieren, um Drogen durch Sinaloa und in die USA zu transportieren. El Chapo überwachte später die Logistik für Félix Gallardo, einen der führenden Hauptakteure des Landes in der Mitte der 1980er Jahre.

Unter der Führung von El Chapo, was "Shorty" bedeutet, entwickelte sich das Sinaloa-Kartell aufgrund seiner geringen Höhe von 168 cm zu einem der mächtigsten Drogenkartelle der Welt. Es machte die Mehrheit der illegalen Drogen in den USA aus und El Chapo wurde zum mächtigsten Drogenbaron der Welt.

El Chapo beaufsichtigte Operationen, bei denen Kokain, methamphetamin, Marihuana und Heroin wurden produziert und in die USA und nach Europa, den größten Konsumenten der Welt, geschmuggelt und verteilt. Er erreichte dies, indem er Pionierarbeit bei der Verwendung von Verteilungszellen leistete und in der Nähe von Grenzen Langstreckentunnel baute,https://en.wikipedia.org/wiki/Joaqu%C3%ADn_%22El_Chapo%22_Guzm%C3%A1n_-_cite_note-rewards-4 die es ihm ermöglichten, weit mehr Drogen in die USA zu exportieren als jeder andere Drogenhändler in der Geschichte.

El Chapos Führung des Sinaloa-Kartells brachte auch immensen Reichtum und Macht. Forbes stufte ihn zwischen 2009 und 2013 als einen der mächtigsten Menschen der Welt ein, während die Drug Enforcement Administration (DEA) schätzte, dass er dem Einfluss und Reichtum von Pablo Escobar entsprach.

Das Sinaloa-Kartell sammelte Macht durch Mord, Bestechung und innovative Schmuggeltechniken, wie den Einsatz von Tunneln.

El Chapo wurde erstmals am 9. Juni 1993 in Guatemala gefangen genommen und wegen Mordes und Drogenhandels in Mexiko zu 20 Jahren Gefängnis verurteilt. Er bestach Gefängniswärter und entkam am 19. Januar 2001 aus einem Hochsicherheitsgefängnis des Bundes und übernahm wieder das Kommando über das Sinaloa-Kartell. Sein Status als Flüchtling führte zu einer kombinierten Belohnung von 8,8 Millionen US-Dollar aus Mexiko und den USA für Informationen, die zu seiner Gefangennahme führten.https://en.wikipedia.org/wiki/Joaqu%C3%ADn_%22El_Chapo%22_Guzm%C3%A1n_-_cite_note-rewards-4 Er wurde am 22. Februar 2014 in Mexiko verhaftet. Aber er entkam am 11. Juli 2015 aus dem Federal Social Readaption Center No. 1, einem Hochsicherheitsgefängnis im Bundesstaat Mexiko, durch einen Tunnel unter seiner Gefängniszelle und übernahm wieder das

Kommando über das Sinaloa-Kartell. Die mexikanischen Behörden nahmen ihn am 8. Januar 2016 während einer Razzia in einem Haus in der Stadt Los Mochis wieder fest und lieferten ihn ein Jahr später an die USA aus. Im Jahr 2019 wurde El Chapo einer Reihe von Strafanzeigen im Zusammenhang mit seiner Führung des Sinaloa-Kartells für schuldig befunden.https://en.wikipedia.org/wiki/Joaqu%C3%ADn_%22El_Chapo%22_Guzm%C3%A1n_-_cite_note-ChapoExtradited-19 Er verbüßt derzeit eine lebenslange Haftstrafe im ADX Florence - dem sichersten Supermax-Gefängnis des Landes. Laut einem Reuters-Bericht vom 25. Oktober 2021 forderte ein Anwalt von El Chapo das 2. US-Berufungsgericht in Manhattan auf, die Verurteilung des mexikanischen Drogenbosses aufzuheben, und verwies auf das Fehlverhalten der Geschworenen und die Gefängnisbedingungen, die El Chapo erfahren hatte. Im Januar 2022 wies das Berufungsgericht nicht nur die Berufung zurück und bestätigte die Verurteilung von El Chapo, sondern lobte auch den Prozessrichter für seine Behandlung eines Falles, der internationale Aufmerksamkeit auf sich zog.

Emma Coronel Aispuro, 31, El Chapos Frau, wurde am 22. Februar 2021 am Dulles International Airport verhaftet. Ihr wurde vorgeworfen, ihrem Mann bei der Führung seines Kartells geholfen und seine Flucht aus dem Gefängnis im Jahr 2015 geplant zu haben. Sie wurde wegen Verschwörung zur Verteilung von Kokain, Methamphetamin, Heroin und Marihuana in den USA angeklagt.https://en.wikipedia.org/wiki/Joaqu%C3%ADn_%22El_Chapo%22_Guzm%C3%A1n_-_cite_note-wife-241 Emma wurde in Mexiko nicht wegen Verbrechen angeklagt; obwohl ihr Vater, Inés Coronel Barreras, und ihr Bruder, Édgar Coronel, wegen Drogenvorwürfen und Vorwürfen, El Chapos erster Gefängnisflucht geholfen zu haben, verhaftet wurden. Inés Coronel wurde 2013 verhaftet und 2017 zu zehn Jahren und drei Monaten Gefängnis verurteilt. Édgar Coronel Aispuru wurde 2015 verhaftet und ist im Gefängnis Aguaruto in Sinaloa inhaftiert. Am 10. Juni 2021 bekannte sich Emma in einem Plädoyer-Deal vor dem US-Bezirksgericht für den District of Columbia der Anklage wegen Drogenhandels schuldig. Am 30. November 2021 wurde Emma wegen Drogenhandels und Geldwäsche zu drei Jahren

Gefängnis verurteilt. Sie sollte auch 1,5 Millionen US-Dollar in einem vor der Anhörung vereinbarten Restitutionsvertrag zahlen. Sie würde Anerkennung für neun Monate erhalten, die sie seit ihrer Verhaftung bereits hinter Gittern verbracht hatte.

Die Strafe war geringer als die von den Staatsanwälten geforderten relativ leichten vier Jahre, wobei der Richter anerkannte, dass Emma nur ein Teenager war, als sie El Chapo heiratete, und sie bekannte sich nach ihrer Verhaftung im Februar 2021 bereitwillig schuldig.

Emma ist eine ehemalige Schönheitskönigin. Im Jahr 2019 hatte sie eine Bekleidungslinie auf den Markt gebracht und trat im US-Reality-Fernsehen auf. Emma und El Chapo haben zwei Zwillingstöchter, die 2011 geboren wurden.https://en.wikipedia.org/wiki/Joaqu%C3%ADn_%22El_Chapo%22_Guzm%C3%A1n_-_cite_note-wife-241 Emma war die letzte von El Chapos vier Frauen.

Nach der Verhaftung von El Chapo wird das Sinaloa-Kartell von Ismael Zambada García (alias El Mayo) und den drei Söhnen von El Chapo - Alfredo Guzmán Salazar, Ovidio Guzmán López und Ivan Archivaldo Guzmán Salazar - geleitet. Ab 2022 bleibt das Sinaloa-Kartell das dominanteste Drogenkartell Mexikos. Und wie Al Capone ist El Mayo effektiv Chicagos neuer Staatsfeind Nr. 1 geworden, nachdem das US-Außenministerium die Belohnung für seine Gefangennahme von 5 Millionen Dollar auf 15 Millionen Dollar verdreifacht hat. El Mayo hat noch nie in Chicago gelebt. Und er wurde nie verhaftet.

Am 24. März 2022 wurde Mario Iglesias-Villegas (37) mit dem Spitznamen „Sensenmann", der ehemalige Chef der Todesschwadron von El Chapo, der über einen Zeitraum von vier Jahren mit Tausenden von Morden in Nordmexiko in Verbindung gebracht wurde, von einem texanischen Richter zu lebenslanger Haft verurteilt. Die Staatsanwaltschaft sagt, dass er eine bedeutende Rolle beim Tod von Tausenden von Menschen von 2008 - 11 in Juarez gespielt hat. Er verbüßt seine Zeit in einem US-Gefängnis. Er wird auch eine Geldstrafe von über 100.000 US-Dollar für seine Rolle im Betrieb des Sinaloa-Kartells verhängen.

Das Golf-Kartell

Das Golf-Kartell, ein Drogenkartell, das ursprünglich als Matamoros-Kartell (spanisch: Cártel de Matamoros) bekannt war, ist eine der ältesten organisierten kriminellen Gruppen in Mexiko.https://en.wikipedia.org/wiki/Gulf_Cartel - cite_note-9 Das Unternehmen hat derzeit seinen Sitz in Matamoros, Tamaulipas, Mexiko, direkt gegenüber der US-Grenze von Brownsville, Texas. Sie wurde in den 1930er Jahren von Juan Nepomuceno Guerra gegründet.

Während der Prohibitionszeit schmuggelte das Golfkartell Alkohol und andere illegale Waren in die USA.https://en.wikipedia.org/wiki/Gulf_Cartel - cite_note-eZukP-13 Nach dem Ende der Prohibition kontrollierte die kriminelle Gruppe Glücksspielhäuser, Prostitutionsringe, ein Autodiebstahlnetzwerk und anderen illegalen Schmuggel.https://en.wikipedia.org/wiki/Gulf_Cartel - cite_note-15 Es wuchs in den 1970er Jahren unter der Führung von König Juan García Ábrego erheblich.

Ära Juan García Ábrego (1980er-1990er Jahre) In den 1980er Jahren begann Juan García Ábrego, Kokain in den Drogenhandel zu integrieren und begann, die Oberhand über das zu gewinnen, was heute als Golfkartell gilt, die größte kriminelle Gruppe, die an der Grenze zwischen den USA und Mexiko tätig ist.

Juan García Ábrego verhandelte mit dem Cali-Kartell und beglich https://en.wikipedia.org/wiki/Gulf_Cartel - cite_note-1650 % der Sendung aus Kolumbien als Zahlung für die Lieferung, anstatt der 1.500 USD pro Kilogramm, die sie zuvor erhalten hatten. Diese Neuverhandlung zwang Juan Garcia Ábrego jedoch, die Ankunft des Produkts aus Kolumbien an seinem Bestimmungsort zu garantieren. Juan Garcia Ábrego errichtete Lagerhäuser entlang der nördlichen Grenze Mexicas, um Hunderte von Tonnen Kokain zu lagern. Dies ermöglichte es ihm, ein neues Vertriebsnetz aufzubauen und seinen politischen Einfluss zu erhöhen. Neben dem Drogenhandel verschiffte Juan García Ábrego große Mengen an Bargeld, um es zu waschen. Um 1994 wurde geschätzt, dass das Golfkartell etwa "ein Drittel aller Kokainlieferungen" von den Cali-Kartell-Lieferanten in die USA abwickelte. In den 1990er Jahren schätzte die mexikanische Generalstaatsanwaltschaft, dass das Golfkartell "einen Wert von über 10 Milliarden US-Dollar" hatte.

Juan García Ábregos Korruptionskette erstreckte sich über die mexikanische Regierung hinaus bis in die USA. 1986 erklärte ein Agent des Federal Bureau of Investigation (FBI) der Vereinigten Staaten namens Claude de la O in einer Zeugenaussage gegen Juan García Ábrego, dass er über 100.000 US-Dollar an Bestechungsgeldern erhalten und Informationen durchgesickert habe, die einen FBI-Informanten sowie mexikanische Journalisten hätten gefährden können. 1989 wurde Claude aus unbekannten Gründen aus dem Fall entfernt und trat ein Jahr später in den Ruhestand. Juan García Ábrego bestach den Agenten, um weitere Informationen über US-Strafverfolgungsmaßnahmen zu sammeln.

Mit der Verhaftung von Juan Antonio Ortiz, einem der Schlepper von Juan García Ábrego, wurde bekannt, dass das Kartell zwischen 1986 und 1990 Tonnen von Kokain in den Bussen des United States Immigration and Naturalization Service (ins) verschifft hatte. Wie Juan Antonio Ortiz erklärte, machten die Busse einen sicheren Transport, da sie nie an der Grenze angehalten wurden.https://en.wikipedia.org/wiki/Gulf_Cartel - cite note-Homage-20

Es wurde auch bekannt, dass Juan García Ábrego zusätzlich zum INS-Bus-Betrug eine "Sondervereinbarung" mit Mitgliedern der texanischen Nationalgarde hatte, die Tonnen von Kokain und Marihuana von Südtexas nach Houston für das Kartell transportieren würden.

Das Geschäft von Juan García Ábrego war so lang geworden, dass das FBI ihn 1995 in die Liste der *Top Ten der Meistgesuchten* aufnahm. Er war der erste Drogenhändler, der auf dieser Liste stand. Er wurde am 14. Januar 1996 außerhalb der Stadt Monterrey, Nuevo León, gefangen genommen und nach Mexiko-Stadt geflogen, wo ihn ein US-Bundesagent in einem Privatflugzeug nach Houston, Texas, brachte. Juan García Ábregohttps://en.wikipedia.org/wiki/Gulf_Cartel - cite note-31 trug Hosen und ein gestreiftes Hemd und wurde sofort in die

USA ausgeliefert, wo er von einem FBI-Agenten befragt wurde und gestand, "Menschen ermordet und gefoltert", mexikanische Spitzenbeamte bestochen und Tonnen von Betäubungsmitteln in die USA geschmuggelt zu haben.

Seine Staatsanwälte verfolgten Juan García Ábrego als US-Bürger, weil er auch eine amerikanische Geburtsurkunde besaß, obwohl die mexikanischen Behörden behaupteten, die Urkunde sei "betrügerisch". Er hatte auch eine offizielle Geburtsurkunde, die zeigte, dass Juan García Ábrego tatsächlich in Mexiko geboren wurde. Laut *The Brownsville Herald* ging Juan García Ábrego grinsend und lebhaft mit seinen Anwälten in den Gerichtssaal, die ihm halfen, seine Worte aus dem Spanischen in die englische Sprache zu übersetzen.

Nachdem der Richter Juan García Ábrego gesagt hatte, dass er den Rest seines Lebens im Gefängnis verbringen würde, war allen klar, dass die Todesstrafe nicht in Frage kam.

Nach den am 8. Mai 1998 vor Gericht vorgelegten Tatsachendokumenten war das Golfkartell von Mitte der 1970er bis Mitte der 1990er Jahre für den Handel mit enormen Mengen an Betäubungsmitteln in die USA verantwortlich. Juan García Ábrego wurde zu elf lebenslangen Haftstrafen verurteilt. Während des vierwöchigen Prozesses bezeugten 84 Zeugen, von "Strafverfolgungsbeamten bis hin zu verurteilten Drogenschmugglern", dass Juan García Ábrego Lasten kolumbianischen Kokains in Flugzeugen geschmuggelt und dann in mehreren Grenzstädten entlang der mexikanisch-amerikanischen Grenze gelagert hattehttps://en.wikipedia.org/wiki/Mexico%E2%80%93United_States_border, bevor er sie in das Rio Grande Valley schmuggelte.

Juan García Ábrego wurde wegen 22 Fällen von Geldwäsche, Drogenbesitz und Drogenhandel verurteilt. Die Geschworenen ordneten auch die Beschlagnahme des Vermögens von Juan García Ábrego in Höhe von 350 Millionen US-Dollar an - 75 Millionen US-Dollar mehr als zuvor geplant.

Juan García Ábrego verbüßt derzeit 11 lebenslange Haftstrafen in einem Hochsicherheitsgefängnis in Colorado,

USA.https://en.wikipedia.org/wiki/Gulf_Cartel - cite_note-27 1996 wurde bekannt, dass die Organisation von Juan García Ábrego Millionen von Dollar an Bestechungsgeldern an Politiker und Strafverfolgungsbeamte für seinen Schutz gezahlt hat. Nach seiner Verhaftung wurde später bewiesen, dass der stellvertretende Generalstaatsanwalt, der für die mexikanische Bundesjustizpolizei zuständig ist, mehr als 9 Millionen US-Dollar für den Schutz von Juan García Ábrego angesammelt hatte.

Die Verhaftung von Juan García Ábrego war Gegenstand von Korruptionsvorwürfen. Es wird angenommen, dass die mexikanische Regierung über den Aufenthaltsort von Juan García Ábrego Bescheid wusste, sich aber geweigert hatte, ihn wegen Informationen über das Ausmaß der Korruption innerhalb der Regierung zu verhaften. Es wird angenommen, dass der verhaftende Offizier, ein FJP-Kommandeur, einen kugelsicheren Mercury Grand Marquis und 500.000 US-Dollar von einem rivalisierenden Kartell für die Verhaftung von Juan García Ábrego erhalten hat.
Nach Juan García-Ábrego Die Verhaftung von Juan García Ábrego durch die mexikanischen Behörden am 14. Januar 1996 und seine anschließende Abschiebung in die USA schufen ein Machtvakuum im Golfkartell und mehrere Spitzenmitglieder kämpften um die Führung.
Humberto García Ábrego, Bruder von Juan García Ábrego, versuchte, die Führung des Golfkartells zu übernehmen, scheiterte jedoch bei seinem Versuch. Er verfügte weder über die erforderlichen Führungsqualitäten noch über die Unterstützung der kolumbianischen Drogenlieferanten. Darüber hinaus stand er unter Beobachtung und war weithin bekannt, da sein Nachname mehr davon bedeutete. Er sollte durch Óscar Malherbe de León und Raúl Valladares del Ángel ersetzt werden, aber sie wurden kurze Zeit später verhaftet,https://en.wikipedia.org/wiki/Gulf_Cartel - cite_note-47 was dazu führte, dass mehrere Kartellleutnants um die Führung kämpften. Óscar Malherbe versuchte, Beamte 2 Millionen Dollar für seine Freilassung zu bestechen, aber sein Versuch scheiterte.

Hugo Baldomero Medina Garza, bekannt als *El Señor de los* Trailers (der Herr der Anhänger), galt als eines der wichtigsten Mitglieder bei der Neugestaltung des Golfkartells. Er war mehr als 40 Jahre lang einer der Top-Beamten des Kartells und schmuggelte jeden Monat etwa 20 Tonnen Kokain in die USA.https://en.wikipedia.org/wiki/Gulf_Cartel - cite_note-50

Am 17. April 1997 wurde Medina Garza Berichten zufolge von Bewaffneten von El Chava Gómez ins Gesicht geschossen, nachdem er sich einer Entführung widersetzt hatte. Die schnelle medizinische Behandlung rettete Medina Garza das Leben, aber er musste sich vorübergehend aus dem Drogenhandel zurückziehen. Er wurde für zwei Jahre in Monterrey interniert, wo er sich einer plastischen Chirurgie unterzog.

Der Konflikt zwischen diesen beiden Drogenhändlern dauerte bis 1999, als El Chava Gómez ermordet wurde. Nachdem er sich 1999 von seiner Operation erholt hatte, kehrte Medina Garza zurück, um die Kontrolle über das Golfkartell zu übernehmen, indem sie Kokainlieferungen
aus Kolumbien nach https://en.wikipedia.org/wiki/TamaulipasSüd-Tamaulipas leitete, was zu Konfrontationen mit einem anderen Drogenbaron, Osiel Cárdenas Guillén, führte.https://en.wikipedia.org/wiki/Hugo_Baldomero_Medina_Garza - cite note-joranda1-2 Am Ende seiner Karriere trennte sich Medina Garza vom Golfkartell und begann, unabhängig zu arbeiten. Medina Garzas Glück endete am 1. November 2000, als er in Tampico, Tamaulipas, verhaftet und auf La Palma inhaftiert wurde. Im November 2004 wurde er zu 30 Jahren Gefängnis verurteilt. Doch im März 2008 reduzierte ein mexikanisches Bundesgericht die Haftstrafe auf 11+1/2 Jahre.https://en.wikipedia.org/wiki/Gulf_Cartel - cite_note-51 Ich denke, er sollte jetzt draußen sein, aber es gibt keine Neuigkeiten über ihn.

https://en.wikipedia.org/wiki/Gulf_Cartel - cite_note-56Nach der Verhaftung von Medina Garza wurde gegen seinen Cousin Adalberto Garza Dragustinovis wegen angeblicher Beteiligung am Golfkartell und wegen Geldwäsche ermittelt. Der nächste in der Reihe war Sergio Gómez alias *El Checo*. Seine Führung war jedoch nur von kurzer Dauer. Er wurde im April 1996 in Valle Hermoso,

Tamaulipas, ermordet. Danach übernahm Osiel Cárdenas Guillén im Juli 1999 die Kontrolle über das Golfkartell, nachdem er Salvador Gómez Herrera alias *El Chava*, den Co-Anführer des Golfkartells und seinen engen Freund, ermordet hatte, was ihm den Namen *Mata Amigos* (Freundesmörder) einbrachte.

Osiel Cárdenas Guillén Am 9. November 1999 wurden zwei US-Agenten der Drug Enforcement Administration (DEA) und des Federal Bureau of Investigation (FBI) von Osiel Cárdenas und etwa fünfzehn seiner Schergen in Matamoros mit vorgehaltener Waffe bedroht. Die beiden Agenten waren mit einem Informanten nach Matamoros gereist, um Informationen über die Operationen des Golfkartells zu sammeln. Osiel Cárdenas verlangte, dass die Agenten und der Informant aus ihrem Fahrzeug ausstiegen, aber sie weigerten sich, seinen Befehlen zu gehorchen. Der Vorfall eskalierte, als Osiel Cárdenas drohte, sie zu töten, wenn sie seinem Befehl nicht Folge leisteten, und seine Bewaffneten bereiteten sich darauf vor, sie zu erschießen. Die Agenten versuchten mit Osiel Cárdenas zu argumentieren, dass die Tötung von US-Bundesagenten zu einer massiven Fahndung durch die US-Regierung führen würde. Osiel Cárdenas ließ die beiden Männer schließlich gehen, drohte ihnen aber, sie zu töten, wenn sie jemals in sein Territorium zurückkehren würden.

Diese Pattsituation löste massive Strafverfolgungsbemühungen aus, um gegen die Führungsstruktur des Golfkartells vorzugehen. Sowohl die mexikanische als auch die US-amerikanische Regierung verstärkten ihre Bemühungen, Osiel Cárdenas festzunehmen. Vor dieser Pattsituation galt Osiel Cárdenas als kleiner Akteur im internationalen Drogenhandel. Dieser Vorfall steigerte seinen Ruf und machte ihn zu einem der meistgesuchten Kriminellen. Das FBI und die DEA reichten zahlreiche Anklagen gegen ihn ein und gaben ein Kopfgeld von 2 Millionen US-Dollar für seine Verhaftung aus.

Nachdem Osiel Cárdenas 1999 die volle Kontrolle über das Golfkartell übernommen hatte, verschärften sich die Konfrontationen mit rivalisierenden Gruppen. Er befand sich in einem uneingeschränkten Kampf, um seine berüchtigte Organisation und Führung unangetastet zu lassen, und suchte Mitglieder der mexikanischen Armee-Spezialeinheiten auf, um der bewaffnete

Militärflügel des Golfkartells zu werden. Sein Ziel war es, sich vor rivalisierenden Drogenkartellen und vor dem mexikanischen Militär zu schützen, um lebenswichtige Funktionen als Anführer des mächtigsten Drogenkartells in Mexiko zu erfüllen.https://en.wikipedia.org/wiki/Gulf_Cartel - cite_note-58

Zu seinen ersten Kontakten gehörte Arturo Guzmán Decena, ein Armeeleutnant, der Berichten zufolge von Osiel Cárdenas gebeten wurde, die "besten Männer" zu suchen und einzustellen. Folglich verließ Guzmán Decena die Streitkräfte und brachte mehr als 30 Deserteure der Armee dazu, einen Teil von Osiel Cárdenas 'neuem kriminellen paramilitärischen Flügel zu bilden. Ihnen wurden Gehälter angeboten, die viel höher waren als die der mexikanischen Armee.https://en.wikipedia.org/wiki/Gulf_Cartel - cite_note-61 Diese Armeedeserteure der Elite der mexikanischen Armee Grupo Aeromóvil de Fuerzas Especiales (GAFE) bildeten einen Teil des bewaffneten Flügels *Los Zetas* des Kartells. Diese Personen dienten als angeheuerte private Söldnerarmee des Golfkartells.

https://en.wikipedia.org/wiki/Gulf_Cartel - cite_note-56Die Gründung von Los Zetas führte zu einer neuen Ära des Drogenhandels in Mexiko. Osiel Cárdenas wusste nicht, dass er das gewalttätigste Drogenkartell des Landes schuf. Zwischen 2001 und 2008 war die Organisation des Golfkartells und der Los Zetas gemeinsam als La Compañía (*Die Gesellschaft*) bekannt.

Zuden ursprünglichen Überläufern gehörten Jaime González Durán, Jesús Enrique Rejón Aguilar,https://en.wikipedia.org/wiki/Gulf_Cartel - cite_note-63 Miguel Treviño Morales und Heriberto Lazcano,https://en.wikipedia.org/wiki/Gulf_Cartel - cite_note-65 der später der oberste Anführer des unabhängigen Kartells von Los Zetas wurde.

Eine der ersten Missionen von Los Zetas war die Ausrottung von Los Chachos, einer Gruppe von Drogenhändlern auf Befehl des Milenio-Kartells, die 2002 die Drogenkorridore von Tamaulipas mit dem Golfkartell stritten.https://en.wikipedia.org/wiki/Gulf_Cartel - cite_note-68 Diese Bande wurde von Dionisio Román García

Sánchez alias *El Chacho* kontrolliert, der beschlossen hatte, das Golfkartell zu verraten und seine Allianz mit dem Tijuana-Kartell zu wechseln. *El Chacho* wurde schließlich im Mai 2002 von Los Zetas getötet.https://en.wikipedia.org/wiki/Gulf_Cartel_-_cite_note-69

Osiel Cárdenas festigte seine Position und etablierte seine Vormachtstellung. Er erweiterte die Verantwortlichkeiten von Los Zetas. Im Laufe der Jahre wurden sie für das Golfkartell viel wichtiger. Sie begannen, Entführungen zu organisieren, Steuern zu erheben, Schulden einzutreiben und Schutzschläger https://en.wikipedia.org/wiki/Protection_racketzu betreiben, dashttps://en.wikipedia.org/wiki/Gulf_Cartel_-_cite_note-71 Erpressungsgeschäft zu kontrollieren, Kokainliefer- und -handelswege, die als https://en.wikipedia.org/wiki/Gulf_Cartel_-_cite_note-72Plazas *(Zonen) bekannt sind,* zu sichern und ihre Feinde hinzurichten, oft mit grotesker Grausamkeit.https://en.wikipedia.org/wiki/Gulf_Cartel_-_cite_note-Grayson-59

Im Jahr 2002 gab es drei Hauptabteilungen des Golfkartells, die alle von Osiel Cárdenas regiert und von Jorge Eduardo "El Coss" Costilla Sanchez, Antonio "Tony Tormenta" Cárdenas Guillen und Heriberto "El Lazca" Lazcano Lazcano angeführt wurden.https://en.wikipedia.org/wiki/Gulf_Cartel_-_cite_note-BBTestimonyRafael-76

Osiel Cárdenas wurde am 14. März 2003 in der Stadt Matamoros, Tamaulipas, bei einer Schießerei zwischen dem mexikanischen Militär und Bewaffneten des Golfkartells gefangen genommen.https://en.wikipedia.org/wiki/Gulf_Cartel_-_cite_note-arrest-84 Er war einer der zehn meistgesuchten Flüchtlinge des FBI, mit einer Belohnung von 2 Millionen Dollar für seine Gefangennahme. Laut Regierungsarchiven wurde diese sechsmonatige Militäroperation für seine Gefangennahme unter absoluter Geheimhaltung geplant und durchgeführt - die einzigen Personen, die davon wussten, waren der Präsident Vicente Fox, Verteidigungsminister in Mexiko, Ricardo Clemente Vega García und Mexikos Generalstaatsanwalt Rafael Macedo de la Concha.

Osiel Cárdenas wurde 2007 an die USA ausgeliefert. Im Jahr 2010 wurde er wegen Geldwäsche, Drogenhandel, Mord und wegen Bedrohung der beiden US-Bundesagenten im Jahr 1999 zu 25 Jahren Gefängnis verurteilt.https://en.wikipedia.org/wiki/Osiel_C%C3%A1rdenas_G uill%C3%A9n_-_cite_note-mexico.cnn.com-4 Osiel Cárdenas ist derzeit im USP Terre Haute mit einem Entlassungsdatum vom 30. August 2024 inhaftiert.

Osiel Cárdenas 'Bruder Antonio Cárdenas Guillén füllte zusammen mit Jorge Eduardo Costilla Sánchez (El Coss), einem ehemaligen Polizisten, das von Osiel Cárdenas hinterlassene Vakuum und wurde Anführer des Golfkartells. Antonio Cárdenas wurde am 5. November 2010 bei einer achtstündigen Schießerei der mexikanischen Regierungstruppen getötet. Costilla Sánchez wurde Co-Anführerin des Golfkartells und Leiterin der Metros, einer der beiden Fraktionen innerhalb des Golfkartells.https://en.wikipedia.org/wiki/Gulf_Cartel_-_cite_note-129 Mario Cárdenas Guillén, Bruder von Osiel und Antonio, wurde die andere Fraktion des Golfkartells und Kopf der Rojos, der anderen Fraktion innerhalb des Golfkartells und der Parallelversion der Metros.

https://en.wikipedia.org/wiki/Gulf_Cartel_-_cite_note-78Die Verhaftung und Auslieferung von Osiel Cárdenas führte zu Machtkämpfen. Mehrere Spitzenleutnants sowohl des Golfkartells als auch von Los Zetas kämpften um wichtige Drogenkorridore in die USA, insbesondere für die Städte Matamoros, Nuevo Laredo, Reynosa und Tampico - alle im Bundesstaat Tamaulipas gelegen. Sie kämpften auch für Küstenstädte - Acapulco, Guerrero und Cancún, Quintana Roo; die Landeshauptstadt von Monterrey, Nuevo León und die Bundesstaaten von Veracruz und San Luis Potosí.

Nach der Auslieferung von Osiel Cardenas übernahm Heriberto Lazcano, der Chef von Los Zetas, durch brutale Gewalt und Einschüchterung die Kontrolle über Los Zetas und das Golfkartell.https://en.wikipedia.org/wiki/Gulf_Cartel_-_cite_note-93 Leutnants, die Osiel Cárdenas einst treu waren, begannen, den Befehlen von Lazcano zu gehorchen. Lazcano versuchte, das Kartell zu reorganisieren, indem er mehrere Leutnants ernannte, um bestimmte Gebiete zu kontrollieren. Morales Treviño wurde beauftragt, sich um Nuevo León zu kümmern;https://en.wikipedia.org/wiki/Gulf_Cartel - cite_note-94 Jorge Eduardo Costilla Sánchez in Matamoros;https://en.wikipedia.org/wiki/Gulf_Cartel - cite_note-95 Héctor Manuel Sauceda Gamboa, Spitzname El Karis, übernahm die Kontrolle über Nuevo Laredo;https://en.wikipedia.org/wiki/Gulf_Cartel - cite_note-96 Gregorio Sauceda Gamboa, bekannt als El Goyo, übernahm zusammen mit seinem Bruder Arturo die Kontrolle https://en.wikipedia.org/wiki/Reynosa über den Reynosa-Platz;https://en.wikipedia.org/wiki/Gulf_Cartel - cite_note-97 Arturo Basurto Peña, alias El Grande, und Iván Velázquez-Caballero alias El Talibán übernahmen die Kontrolle über Quintana Roo und Guerrero; Alberto Sánchez Hinojosa, alias Comandante Castillo, übernahm Tabasco.https://en.wikipedia.org/wiki/Gulf_Cartel - cite_note-99

Es gab jedoch anhaltende Meinungsverschiedenheiten zwischen dem Golfkartell und Los Zetas. Eine Trennung war unvermeidlich. Anfang 2010 trennten sich Los Zetas, die Vollstrecker des Golfkartells, vom Golfkartell und wandten sich gegen es, was einen blutigen Rasenkrieg auslöste. Als die Feindseligkeiten begannen, schloss sich das Golfkartell mit seinen ehemaligen Rivalen, dem Sinaloa-Kartell und La Familia Michoacana, zusammen, um Los Zetas auszuschalten. Die Los Zetas verbündeten sich mit dem Juárez-Kartell, dem Beltrán-Leyva-Kartell und dem Tijuana-Kartell.

Als Reaktion auf die aufstrebende Macht des Golfkartells gründete das rivalisierende Sinaloa-Kartell eine schwer bewaffnete, gut ausgebildete Vollstreckergruppe namens Los Negros. Die Gruppe operierte ähnlich wie Los Zetas, aber mit weniger Komplexität und Erfolg. Es gibt eine Gruppe von Experten, die glauben, dass der mexikanische Drogenkrieg nicht 2006 begann, als der mexikanische Präsident Felipe Calderón Truppen nach Michoacán schickte, um die zunehmende Gewalt zu stoppen, sondern 2004 in der Grenzstadt Nuevo Laredo, als das Golfkartell und Los Zetas das

Sinaloa-Kartell und Los Negros bekämpften.https://en.wikipedia.org/wiki/Gulf_Cartel - cite note-75

Es wird angenommen, dass Osiel Cárdenas im Gefängnis in den USA Benjamín Arellano Félix vom Tijuana-Kartell traf. Sie bildeten eine Allianz. Durch handschriftliche Notizen. Osiel Cárdenas gab Befehle zur Verbringung von Drogen entlang Mexikos und in die USA, genehmigte Hinrichtungen und unterzeichnete Formulare, um den Kauf von Polizeikräften zu ermöglichen.https://en.wikipedia.org/wiki/Gulf_Cartel - cite note-BehindBars-91 Während sein Bruder Antonio Cárdenas Guillén formell das Golfkartell leitete, erteilte Osiel Cárdenas durch Nachrichten seiner Anwälte und Wachen wichtige Befehle von La Palma.

https://en.wikipedia.org/wiki/Gulf_Cartel - cite note-100Fast 30 Millionen US-Dollar des Vermögens des ehemaligen Drogenbarons wurden an mehrere texanische Strafverfolgungsbehörden verteilt. Im Austausch für eine weitere lebenslange Haftstrafe erklärte sich Osiel Cárdenas bereit, mit US-Agenten bei Geheimdienstinformationen zusammenzuarbeiten. Das US-Bundesgericht vergab zwei Hubschrauber im Besitz von Osiel Cárdenas an die Business Development Bank of Canada bzw. die GE Canada Equipment Financing, da beide aus "Drogenerlösen" stammen.

Am 18. August 2013 wurde Mario Ramirez Trevino, ein wichtiger Anführer des Golfkartells, gefangen genommen. Er wurde am 18. Dezember 2017 in die USA ausgewandert.

https://en.wikipedia.org/wiki/Gulf_Cartel - cite note-109Juárez-Kartell (spanisch: Cártel de Juárez) - Amado Carrillo Fuentes Das Juárez-Kartell wurde in den 1970er Jahren von Pablo Acosta Villarreal in Ciudad Juárez, Chihuahua, jenseits der mexikanisch-amerikanischen Grenze gegründet. Als Pablo Acosta im April 1987 bei einer grenzüberschreitenden Razzia durch Hubschrauber der mexikanischen Bundespolizei im Dorf Santa Elena am Rio Grande in Chihuahua getötet wurde, trathttps://en.wikipedia.org/wiki/Ju%C3%A1rez_Cartel - cite_note-9 Rafael Aguilar Guajardo zusammen mit Amado Carrillo Fuentes, dem Neffen von Ernesto Fonseca Carrillo, an seine Stelle.

Amado Fuentes ermordete 1993 seinen Chef Rafael Aguilar Guajardo und übernahm die Kontrolle über das Juárez-Kartell. Amado Fuentes wurde bekannt als "El Señor de Los Cielos" ("Der Herr des Himmels"), wegen der großen Flotte von Jets, mit denen er Drogen transportierte. Er war auch dafür bekannt, Geld über Kolumbien zu waschen, um diese Flotte zu finanzieren. Er lebte diskret und hielt sich zurück. Keine wilden Schießereien, kein Late-Night-Disco-Hopping. Nur wenige Bilder von ihm erschienen in Zeitungen oder im Fernsehen. Er stammte aus einer neuen Rasse, wie die US Drug Enforcement Administration gerne sagte, ein unauffälliger König, der sich wie ein Geschäftsmann verhielt.

Amado Fuentes holte seine Brüder und später seinen Sohn ins Geschäft. Leider starb Amado Fuentes im Juli 1997 in einem mexikanischen Krankenhaus, nachdem er sich einer umfangreichen plastischen Operation unterzogen hatte, um sein Aussehen zu ändern, damit er seine Milliarden genießen konnte. Er hätte vielleicht nach Russland übersiedeln sollen.

In seinen letzten Tagen wurde Amado Fuentes von mexikanischen und US-amerikanischen Behörden verfolgt.

Der Tod von Amado Fuentes im Jahr 1997 war der Beginn des Niedergangs der Macht des Juárez-Kartells, da sich Carrillo auf Verbindungen zu Mexikos hochrangigem Drogenverbotsbeamten, dem Divisionsgeneral Jesús Gutiérrez Rebollo, stützte.

Ein kurzer Revierkrieg brach um die Kontrolle des Kartells aus. Amado Fuentes 'Bruder, Vicente Carrillo Fuentes, allgemein bekannt als El Viceroy, wurde nach dem Sieg über die Muñoz Talavera-Brüder zum Anführer.

Als Vicente Fuentes die Kontrolle über das Kartell übernahm, befand sich die Organisation in einem Wandel. Der Tod von Amado hatte in der mexikanischen Unterwelt ein riesiges Machtvakuum geschaffen. Die Brüder Carrillo Fuentes wurden in den 1990er Jahren zur mächtigsten Organisation. Vicente Fuentes konnte direkte Konflikte vermeiden und die Stärke des Juárez-Kartells erhöhen. Gegen Ende der 1990er und in den 2000er Jahren wurde die Beziehung zwischen dem Carrillo Fuentes Clan und den anderen Mitgliedern der Organisation instabil. Drogenbarone aus angrenzenden mexikanischen Staaten schmiedeten eine Allianz, die wegen ihres Einflussbereichs von drei Staaten als "The Golden Triangle Alliance" oder "La Alianza Triángulo de Oro" bekannt wurde: Chihuahua, südlich des US-Bundesstaates Texas, Durango und Sinaloa. Diese Allianz wurde jedoch gebrochen, nachdem sich der Drogenbaron des Sinaloa-Kartells, Joaquín "El Chapo" Guzmán, geweigert hatte, dem Juarez-Kartell das Recht zu zahlen, einige Schmuggelrouten in die USA zu nutzen.

Vicente Fuentes bildete dann eine Partnerschaft mit Juan José Esparragoza Moreno, seinem Bruder Rodolfo Carrillo Fuentes, seinem Neffen Vicente Carrillo Leyva, Ricardo Garcia Urquiza; und bildete eine Allianz mit anderen Drogenbaronen wie Ismael "Mayo" Zambada in Sinaloa und Baja California, den Gebrüdern Beltrán Leyva in Monterrey und Joaquín "El Chapo" Guzmán in Nayarit, Sinaloa und Tamaulipas.https://en.wikipedia.org/wiki/Ju%C3%A1rez_Cartel_-_cite_note-11

Am 15. Juli 2010 eskalierte das Juárez-Kartell die Gewalt auf ein neues Niveau, indem es eine Autobombe einsetzte, um Bundespolizisten ins Visier zu nehmen. Im September 2011 berichtete die mexikanische Bundespolizei, dass das Juárez-Kartell nun als "Nuevo Cartel de Juárez" (Neues Juárez-Kartell) bekannt sei. Im Jahr 2012 wurde behauptet, dass das Neue Juárez-Kartell für die jüngsten Hinrichtungen in Ciudad Juárez und Chihuahua verantwortlich sei.

Am 1. September 2013 verhafteten die mexikanischen Streitkräfte Alberto Carrillo Fuentes alias Betty la Fea („hässliche Betty") im westlichen Bundesstaat Nayarit. Alberto Fuentes hatte 2013 die Leitung der Organisation übernommen, nachdem sein Bruder Vicente Carrillo Fuentes (bis zu seiner Verhaftung im Oktober 2014 auf der Flucht) nach einer gemeldeten Krankheit in den Ruhestand gegangen war. Der 58-jährige Vicente Fuentes war einer der meistgesuchten Männer der US-amerikanischen Drug Enforcement Administration (DEA), für dessen Gefangennahme sie eine Belohnung von 5 Mio. USD (3,6 Mio. GBP) angeboten hatten. Jahrzehntelang hatten die DEA und die mexikanische Polizei versucht, Vicente Fuentes ausfindig zu machen. Er wurde am 9. Oktober 2014 in einer gemeinsamen Operation der mexikanischen Armee und der Bundespolizei in Torreón, Coahuila, festgenommen.https://en.wikipedia.org/wiki/Vicente_Carrillo_Fuentes_-_cite_note-12 Er wurde dann nach Mexiko-Stadt geschickt und in die Bundeseinrichtungen von SEIDO, Mexikos Ermittlungsbehörde gegen organisierte Kriminalität, verlegt, wo er eine formelle Erklärung abgab.https://en.wikipedia.org/wiki/Vicente_Carrillo_Fuentes_-_cite_note-14 Zwei Tage später wurde er formell wegen Drogenhandels und organisierter Kriminalität angeklagt.https://en.wikipedia.org/wiki/Vicente_Carrillo_Fuentes_-_cite_note-15 Am 14. Oktober 2014 wurde Vicente Fuentes in das Federal Social Readaptation Center No. 2, ein föderales Hochsicherheitsgefängnis (allgemein als "Puente Grande" bezeichnet) im Bundesstaat Jalisco, verlegt.

Das Juárez-Kartell verlor nach der Verhaftung von Vicente Fuentes im Jahr 2014 einen Großteil seiner Macht. Bis 2018 war die Macht des Juárez-Kartells in seiner Heimatregion Ciudad Juárez zurückgegangen. Im Juni 2020 wurde berichtet, dass La Línea die mächtigste Fraktion des Juárez-Kartells in Ciudad Juárez war. Zu diesem Zeitpunkt war es Los Salazar, einer mächtigen Zelle des Sinaloa-Kartells, jedoch gelungen, auch in Ciudad Juárez eine bedeutende Präsenz aufzubauen. Das Jalisco New Generation-Kartell war mit seinem New Juarez-Kartell auch in Ciudad Juárez präsent, obwohl es den Einfluss, den La Linea und Los Salazar auch auf den Drogenmarkt von Ciudad Juárez hatten, nicht abschrecken konnte.

Am 14. September 2021 verurteilte ein mexikanisches Gericht Vicente Fuentes zu 28 Jahren Gefängnis. Juan Pablo Ledezma alias José Luis Fratello ist der mutmaßliche derzeitige Anführer der mexikanischen Bande La Línea, die der führende bewaffnete Flügel des Juárez-Kartells ist und der derzeitige Leiter der Organisation sein soll.

Joaquín El Chapo Guzman

Joaquín El Chapo Guzman war der Anführer des Sinaloa-Kartells mit Sitz in Mexiko. Er bleibt einer der berüchtigtsten Drogenbosse der Welt wie Pablo Escobar. El Chapo betrieb hauptsächlich Marihuana, Kokain und Methamphetamin. Er war auch am Heroinschmuggel in mehrere Regionen der USA und Europas beteiligt, die der weltweit größte Nutzer desselben waren.

El Chapo wurde am 4. April 1957 in Sinaloa als ältestes von sieben Kindern in einer armen Familie in der ländlichen Gemeinde La Tuna im Bundesstaat Sinaloa im Nordwesten Mexikos geboren. Seine Eltern - Emilio Guzmán Bustillos und María Consuelo Loera Pérez - verdienten ihren Lebensunterhalt mit der Landwirtschaft. Sein Vater war offiziell ein Viehzüchter, aber es wird angenommen, dass er ein Opiummohnbauer war, wie die meisten Bauern dieser Gegend. El Chapo war praktisch Analphabet, hatte aber hohe Ambitionen. "Schon als kleines Kind hatte er Ambitionen", erzählte seine Mutter 2014 den Filmemachern. Sie erinnerte sich, dass er "viel Papiergeld" hatte, das er zählen und nachzählen würde.

Seinen ersten Kontakt mit dem organisierten Verbrechen hatte er im Alter von 15 Jahren, als er mit seinen Cousins eine eigene Marihuana-Plantage kultivierte. Dann nahm er den Spitznamen "El Chapo" an - mexikanischer Slang für "Shorty" (er ist nur 1,64m groß). Aber seine Ambitionen übertrafen seine winzige Statur bei weitem. In seinen späten Teenagerjahren verließ Guzmán La Tuna, um sein Glück im Drogenschmuggel zu suchen. Seine Mutter sagte: „Er hat immer für ein besseres Leben gekämpft".

El Chapo führte seinen Handel über Vertriebskanäle aus und baute Tunnel in der Nähe der Grenzen der Nationen. Diese neue Methode half ihm, viel größere Mengen an Drogen zu exportieren, als illegale Drogenhändler zuvor durchgeführt hatten.

1993 wurde ein römisch-katholischer Kardinal in einem Revierkrieg mit rivalisierenden Drogenschmugglern erschossen. El Chapo wurde beschuldigt, und die mexikanische Regierung setzte ihm ein Kopfgeld auf. Sein schnurrbärtiges Gesicht, das der Öffentlichkeit bisher unbekannt war, erschien in Zeitungen und auf Fernsehbildschirmen. Innerhalb weniger Wochen wurde er erstmals am 9. Juni 1993 von der guatemaltekischen Armee in einem Hotel in der Nähe von Tapachula nahe der Grenze zwischen Guatemala und Mexiko festgenommen. Er wurde ausgeliefert und in Mexiko wegen Mordes und Drogenhandels zu 20 Jahren und neun Monaten Gefängnis verurteilt.https://en.wikipedia.org/wiki/Joaqu%C3%ADn_%22El_Chapo%22_Guzm%C3%A1n - cite_note-rewards-3 Er wurde zunächst im Federal Social Readaptation Center No. 1 eingesperrt. Am 22. November 1995 wurde er in ein anderes Hochsicherheitsgefängnis, das Federal Center for Social Rehabilitation No. 2 (auch bekannt als "Puente Grande") in Jalisco verlegt. Er bestach Gefängniswärter, lebte ein verschwenderisches Leben und kontrollierte weiterhin das Sinaloa-Kartell.

Nach einem Urteil des Obersten Gerichtshofs von Mexiko, das die Auslieferung zwischen Mexiko und den USA erleichterte, plante El Chapo seine Flucht sorgfältig. Er entkam am 19. Januar 2001 aus dem Hochsicherheitsgefängnis des Bundes. Francisco "El Chito" Camberos Rivera, ein Gefängniswärter, öffnete die elektronisch betriebene Zellentür von El Chapo, und El Chapo stieg in einen Wäschewagen, den der Wartungsarbeiter Javier Camberos durch mehrere Türen und schließlich aus der Haustür rollte. Er wurde dann im Kofferraum eines Autos transportiert, das von Camberos aus der Stadt gefahren wurde. An einer Tankstelle ging Camberos hinein, aber als er zurückkam, war El Chapo in die Nacht gegangen. Nach Angaben von Beamten wurden 78 Personen in seinen Fluchtplan verwickelt.https://en.wikipedia.org/wiki/Joaqu%C3%ADn_%22El_Chapo%22_Guzm%C3%A1n - cite_note-LastNarco-88 Camberos ist wegen seiner Hilfe bei der Flucht im Gefängnis.https://en.wikipedia.org/wiki/Joaqu%C3%ADn_%22El_Chapo%22_Guzm%C3%A1n - cite_note-online.wsj.com-15

Die Polizei sagt, dass El Chapo seinen Fluchtplan sorgfältig ausgearbeitet hat und Einfluss auf fast jeden im Gefängnis ausgeübt hat, einschließlich des Direktors der Einrichtung, der jetzt im Gefängnis sitzt, weil er bei der Flucht geholfen hat. Ein

Gefängniswärter, der sich meldete, um die Situation im Gefängnis zu melden, verschwand 7 Jahre später und es wurde vermutet, dass er auf Befehl von El Chapo getötet wurde.https://en.wikipedia.org/wiki/Joaqu%C3%ADn_%22El_Chapo%22_Guzm%C3%A1n_-_cite_note-online.wsj.com-15 El Chapo hatte angeblich die Gefängniswärter auf seiner Gehaltsliste, schmuggelte Schmuggelware in das Gefängnis und wurde vom Personal bevorzugt behandelt. Zusätzlich zu den Komplizen der Gefängnisangestellten wurde die Polizei in Jalisco bezahlt, um sicherzustellen, dass er mindestens 24 Stunden Zeit hatte, um den Staat zu verlassen und der militärischen Fahndung einen Schritt voraus zu sein. Die Geschichte, die den Wärtern erzählt wurde, die bestochen wurden, um den Wäschewagen nicht zu durchsuchen, war, dass El Chapo Gold schmuggelte, das angeblich aus Felsen in der Häftlingswerkstatt gewonnen wurde, aus dem Gefängnis. Die Flucht soll El Chapo 2,5 Millionen Dollar gekostet haben. Sein Status als Flüchtling führte zu einer kombinierten Belohnung von 8,8 Millionen US-Dollar aus Mexiko und den USA für Informationen, die zu seiner Gefangennahme führten.https://en.wikipedia.org/wiki/Joaqu%C3%ADn_%22El_Chapo%22_Guzm%C3%A1n_-_cite_note-rewards-3

El Chapos Kartell wurde zu einem der größten Drogenhändler in die USA. Im Jahr 2009 trat er in die Forbes-Liste der reichsten Männer der Welt auf Platz 701 ein, mit einem geschätzten Wert von 1 Milliarde US-Dollar (709 Millionen Pfund). Er verdiente sich auch den Ruf, einer der mächtigsten Männer der Welt zu sein.

Nach einer gemeinsamen Operation der mexikanischen Marine, des US Marshals Service, zusammen mit Geheimdiensten der mexikanischen DEA-Behörden wurde El Chapo am 22. Februar 2014 gegen 6.40 Uhr von den Eigentumswohnungen Miramar in der Avenida del Marin Nr.608, einem Strandgebiet in Mazatlán, festgenommen und dann zur formalen Identifizierung nach Mexiko-Stadt geflogen. Er wurde mit einem Black Hawk-Hubschrauber der Bundespolizei, der von zwei Marinehubschraubern und einem der mexikanischen Luftwaffe eskortiert wurde, in das Federal Social Readaptation Center No. 1, ein

Hochsicherheitsgefängnis in Almoloya de Juárez, Bundesstaat Mexiko, verlegt.

Am 24. Februar 2014 erhob die mexikanische Regierung offiziell Anklage gegen El Chapo wegen Drogenhandels, ein Prozess, der seine mögliche Auslieferung an die USA verlangsamte. Die Entscheidung, zunächst nur eine Anklage gegen ihn einzureichen, zeigte, dass die mexikanische Regierung daran arbeitete, formellere Anklagen gegen El Chapo vorzubereiten, und möglicherweise auch die Anklagen, denen er vor seiner Flucht aus dem Gefängnis im Jahr 2001 ausgesetzt war. El Chapo wurde auch in mindestens sieben US-Gerichtsbarkeiten angeklagt.

Am 25. Februar 2014 setzte ein mexikanischer Bundesrichter den Prozess wegen Drogen- und organisierter Kriminalität in Gang.https://en.wikipedia.org/wiki/Joaqu%C3%ADn_%22El_Chapo%22_Guzm%C3%A1n_-_cite_note-167 Am 4. März 2014 erließ ein mexikanisches Bundesgericht eine förmliche Anklage gegen El Chapo wegen seiner Beteiligung an der organisierten Kriminalität.

Am 11. Juli 2015, vor der förmlichen Verurteilung, entkam El Chapo durch einen von Mitarbeitern gegrabenen Tunnel in seine Gefängniszelle im Federal Social Readaptation Center No. 1. Er wurde zuletzt um 20:52 Uhr in der Nähe des Duschbereichs in seiner Zelle von Sicherheitskameras gesehen. Der Duschbereich war der einzige Teil seiner Zelle, der durch die Überwachungskamera nicht sichtbar war.

Als die Wachen ihn fünfundzwanzig Minuten lang nicht auf Überwachungsvideo sahen, suchte das Personal nach ihm.https://en.wikipedia.org/wiki/Joaqu%C3%ADn_%22El_Chapo%22_Guzm%C3%A1n_-_cite_note-CNNElChapo-194 Als sie seine Zelle erreichten, war El Chapo weg. Er war durch einen Tunnel entkommen, der vom Duschbereich zu einer 1,5 km entfernten Hausbaustelle in einem Viertel von Santa Juanita führte. Der Tunnel lag 10 m tief unter der Erde, und El Chapo benutzte eine Leiter, um nach unten zu klettern. Der Tunnel war 1,7 m hoch und 75 cm breit. Es wurde mit Kunstlicht, Luftkanälen und hochwertigen Baumaterialien ausgestattet. Außerdem wurde im Tunnel ein Motorrad gefunden, mit dem vermutlich Materialien und möglicherweise El Chapo selbst transportiert wurden.

Als die Nachricht von der Flucht bekannt wurde, war der mexikanische Präsident Peña Nieto zusammen mit mehreren Spitzenbeamten seines Kabinetts und vielen anderen zu einem Staatsbesuch in Frankreich.https://en.wikipedia.org/wiki/Joaqu%C3%ADn_%22El_Chapo%22_Guzm%C3%A1n - cite_note-206 Peña Nieto kehrte am 17. Juli 2015 nach Mexiko zurück. In einer Pressekonferenz sagte Peña Nieto, er sei schockiert über die Flucht von El Chapo. Er versprach, dass die Regierung eine intensive Untersuchung durchführen würde, um zu sehen, ob Beamte bei der Gefängnispause zusammengearbeitet hätten. Darüber hinaus behauptete er, dass El Chapos Flucht ein "Affront" gegen die mexikanische Regierung sei und dass die Regierung keine Ressourcen verschwenden würde, um ihn zurückzuerobern.

Operation Black Swan war eine gemeinsame US- und mexikanisch geführte Militäroperation zur Rückeroberung von El Chapo. Am 8. Januar 2016 haben die mexikanischen Behörden nach einem tödlichen Feuergefecht in der Stadt Los Mochis, Sinaloa, El Chapo zurückerobert. Während des Überfalls wurden fünf Bewaffnete getötet, sechs weitere verhaftet und ein Marine verwundet. Die mexikanische Marine fand zwei gepanzerte Autos, acht Sturmgewehre, darunter zwei Barrett M82 Scharfschützengewehre, zwei M16 Gewehre mit Granatwerfern und einen geladenen raketengetriebenen Granatwerfer.https://en.wikipedia.org/wiki/Joaqu%C3%ADn_%22El_Chapo%22_Guzm%C3%A1n - cite_note-238

El Chapo wurde anschließend zum Flughafen Los Mochis gebracht, um nach Mexiko-Stadt transportiert zu werden, wo er am Flughafen von Mexiko-Stadt der Presse vorgestellt und dann mit einem Marinehubschrauber in dasselbe Hochsicherheitsgefängnis geflogen wurde, aus dem er im Juli 2015 geflohen war.

Die mexikanische Regierung hat El Chapo am 19. Januar 2017 an die USA ausgeliefert, einen Tag vor Donald Trumps Amtsantritt als US-Präsident mit dem Versprechen, die Grenzsicherheit zu verschärfen, um Einwanderung und Drogenschmuggel zu stoppen. El Chapo wurde in die Obhut von HSI- und DEA-Agenten übergeben

Nach einem dreimonatigen Prozess wurde El Chapo am 12. Februar 2019 von einer Bundesjury wegen aller 10 Anklagepunkte, einschließlich des Drogenhandels, des Einsatzes einer Schusswaffe zur Förderung seiner Drogenverbrechen und der Teilnahme an einer Geldwäscheverschwörung verurteilt. Am 17. Februar 2019 wurde El Chapo vom US-Bezirksrichter Brian M. Cogan zu einer lebenslangen Freiheitsstrafe plus 30 Jahren lebenslänglich verurteilt, weil er ein Hauptanführer eines anhaltenden kriminellen Unternehmens – des mexikanischen organisierten Verbrechersyndikats, bekannt als Sinaloa-Kartell – war, eine Anklage, die 26 Verstöße im Zusammenhang mit Drogen und eine Mordverschwörung beinhaltete. Das Gericht verurteilte El Chapo auch zur Zahlung von 12,6 Milliarden US-Dollar für den Verfall. Er wurde in ADX Florence, Colorado, USA, eingesperrt.

Am 26. Januar 2022 bestätigte das 2. US-Berufungsgericht die Verurteilung von El Chapo zum Drogenhandel und wies sein Argument zurück, dass die Geschworenen den Fall während seines Prozesses in den Medien unangemessen verfolgt hätten. Das Berufungsgericht wies auch andere Argumente zurück, darunter das Fehlverhalten der Geschworenen und dass die Bedingungen, die er im Gefängnis erlebte, beklagenswert waren, und beantragte einen neuen Prozess.

Am 5. Juni 2022 wies der Oberste Gerichtshof der USA die Petition des verurteilten El Chapo ohne Kommentar zurück. El Chapo verbüßt derzeit seine Haft für eine Reihe von Strafanzeigen in einem amerikanischen Bundesgefängnis.

El Chapo wird immer für seine Flucht durch Tunnel in Erinnerung bleiben. Nach den Berichten der US-amerikanischen Drug Enforcement Administration (DEA) werden Tunnel immer noch für den Drogenschmuggel genutzt. Eine der jüngsten Identifizierungen solcher Tunnel erfolgte durch die US-Zoll- und Grenzpatrouille (CBP), die von der US-Regierung mit dem Namen Tunnel 125 versehen wurde.

Nach der Verhaftung von El Chapo konnte die US-Regierung fünfunddreißig Durchgänge ausfindig machen, auf denen ursprünglich das Kartell von El Chapo den Drogenhandel betrieben hatte. Die entdeckten Tunnel verfügen über geeignete Einrichtungen wie Aufzüge, Ventilatoren und Stahlschienen für die Wagen, die für einen reibungslosen Transport von Drogen verwendet wurden. In diesem Zusammenhang gelang es der von der U.S. Immigration and Customs Enforcement (ICE) betriebenen Tunnel-Task Force im Jahr 2018, einen Tunnel zu entdecken, der von einem Restaurant in Arizona zu dem eines Hauses in San Luis Río Colorado führte. Sonora und der Besitzer des Restaurants waren am Drogenhandel mit bekannten Drogen wie Kokain, Methamphetamin und Fentanyl beteiligt. Er wurde gleich nach den Ermittlungen verhaftet. Um das Verfahren zur Untersuchung der Tunnel zu glätten, arbeiten die Ingenieure der US-Armee an der Entwicklung von Technologien, die dazu beitragen, die Tunnel leicht zu erkennen.

El Chapos Schwäche war sein Narzissmus. Er wandte sich an Schauspieler und Regisseure, um Drehbücher über sein Leben in Auftrag zu geben. Seine Kommunikation mit Schauspielern und Produzenten bescherte Mexikos Generalstaatsanwalt eine neue Untersuchungslinie.

Als er 2015 aus dem Gefängnis entkam, hätte er wahrscheinlich in die Berge fliehen und einfach verschwenderisch leben können. Stattdessen machte er den beispiellosen Schritt, dem Hollywood-Schauspieler Sean Penn im Oktober 2015 ein Exklusivinterview zu gewähren. Es war eine Entscheidung, die ihn wahrscheinlich seine Freiheit kostete. In dem im Rolling Stone Magazin veröffentlichten Interview sagte er: "Ich habe eine Flotte von U-Booten, Flugzeugen, Lastwagen und Booten." Nach seiner Gefangennahme wurde spekuliert - obwohl nie formell bestätigt -, dass die mexikanischen Behörden El Chapo gefunden hatten, indem sie Penn aufspürten. "Er kontaktierte Schauspielerinnen und Produzenten, was Teil einer Reihe von Ermittlungen war", sagte Mexikos Generalstaatsanwalt Arely Gómez.

Genau wie Pablo Escobar wurde El Chapo auch von einem Teil der Gesellschaft für die guten Werke unterstützt, die er getan hat und die von seiner Familie weitergeführt werden. Diese Arbeiten umfassen die Unterstützung bestimmter Teile der Gesellschaft, in denen die Regierung erheblich versagt hatte. Er stellte mehreren depressiven Bevölkerungsschichten Lebensmöglichkeiten zur Verfügung und hatte auch Lösungen für die Probleme gefunden, die mit verschiedenen Gemeinschaften der Gesellschaft verbunden sind. Daher wird sein Vermächtnis langlebig sein. Und genau wie Pablo Escobar hatte er riesiges Geld. Während des 11-wöchigen Prozesses in New York sagte Miguel Angel Martinez, ein ehemaliges Kartellmitglied, dem Gericht, dass El Chapo sehr wohlhabend sei. Er hatte Häuser in jedem Bundesstaat in Mexiko. Er hatte einen privaten Zoo, ein Strandhaus im Wert von 10 Millionen US-Dollar und eine Yacht, die er nach sich selbst "Chapito" nannte.

In seinem Rolling Stone-Interview sagte El Chapo, es sei falsch anzunehmen, dass der Drogenhandel "an dem Tag, an dem ich nicht existiere" aufhören würde. Andere werden bald seinen Platz einnehmen.

Druglords Of Brazil
Verspätete Teilnehmer

Die Coca-Pflanze wird traditionell im Andenhochland von Kolumbien, Peru und Bolivien angebaut. Es wuchs nicht in Brasilien. Brasilien galt als kokainkonsumierende Nation und war ein riesiger Markt für die in Kolumbien, Peru und Bolivien hergestellten Produkte. Kokain, das in diesen drei Ländern produziert wurde, gelangte früher über Paraguay nach Brasilien, das lange Zeit als Transitroute für Kokain nach Brasilien gedient hatte.

Juan Carlos Ramirez Abadia *alias* Chupeta *alias* Lolly Pop Früher kontrollierten Führer wie Juan Carlos Ramirez Abadia aus Kolumbien das gesamte Drogengeschäft in Brasilien. Ramirez Abadia war einer der Spitzenführer des mächtigen Nordtal-Kartells (Norte del Valle-Kartell) in der Nähe von Cali in Kolumbien. Er saß von 1996 bis 2002 in Kolumbien im Gefängnis, nachdem er sich freiwillig den Behörden ergeben hatte. Er unterzog sich mindestens drei plastischen Operationen, um sein Aussehen drastisch zu verändern, um eine Wiedererkennung zu vermeiden. https://en.wikipedia.org/wiki/Juan_Carlos_Ram%C3%ADrez_Aba d%C3%ADa - cite note-:0-5Ramirez Abadia wurde 2004 in New York und Washington wegen seiner Führung des mächtigen North Valley Kartells angeklagt. In einer zweiten Anklage im Jahr 2007 in New York wurde er beschuldigt, Bewaffnete angeheuert zu haben, um einen seiner Arbeiter zu töten. Laut der Anklageschrift aus Washington exportierte das North Valley Cartel zwischen 1990 und 2004 Kokain im Wert von mehr als 10 Milliarden US-Dollar aus Kolumbien in die USA.

Ramirez Abadia lebte und arbeitete in Brasilien. Am 7. August 2007 wurde er in São Paulo, Brasilien, in einem exklusiven Gebiet namens Aldeia da Serra verhaftet. Die brasilianischen Behörden stellten fest, dass er luxuriös mit seiner Familie lebte und ein Drogenkartell auf allen Kontinenten betrieb. Im März 2008 wurde er in Brasilien zu 30 Jahren Gefängnis verurteilt. Ramirez Abadias Frau, Yessica Paolo Rojas Morales, wurde wegen ihrer Teilnahme an

Ramirez Abadias Operationen zu 11 Jahren und 6 Monaten Gefängnis verurteilt. Acht weitere Personen wurden ebenfalls verurteilt.

Ramirez Abadia hatte die Auslieferung an die USA beantragt und gesagt, er fürchte um sein Leben, wenn er in sein Heimatland geschickt würde. In der Zwischenzeit beschlagnahmte Kolumbien vom Drogenbaron Immobilien im Wert von 400 Millionen US-Dollar, darunter eine karibische Insel. Sie beschlagnahmten Waren, die Ramirez Abadia und seiner Frau gehörten, darunter einen Vintage-Hafen und eine riesige Schuhkollektion. Diese wurden im April 2008 auf einer Auktion in Sao Paulo verkauft.

Am 13. März 2008 gewährte das Oberste Bundesgericht von Brasilien seine Auslieferung an die USA. Er wurde am 22. August 2008 ausgeliefert. Im Jahr 2010 bekannte er sich des Mordes und der Drogendelikte schuldig. Im Rahmen eines Plädoyer-Deals wurde er als Gegenleistung für eine 25-jährige Haftstrafe Zeuge der US-Regierung. Er sagte beim Prozess 2018 gegen den legendären Joaquín "El Chapo" Guzmán aus, dass er der Hauptlieferant von Kokain für das Sinaloa-Kartell von El Chapo gewesen sei. Im Mai 2022 bestätigten die Bundesanwälte, dass Ramirez Abadia eine nützliche Zusammenarbeit geleistet hatte, und forderten seinen verurteilenden Richter auf, den Deal für eine Strafe von 25 Jahren einzuhalten. Ramirez Abadia war einer der mächtigsten Führer der kolumbianischen Kokainkartelle. Er galt als Erbe des toten kolumbianischen Königs Pablo Escobar.

"Seine illegale Operation umfasste Drogenhersteller, Kuriere, Geldwäscher und Buchhalter, und er und seine Kohorten griffen auf Bestechung, Entführung, Folter und sogar Mord zurück, um ihr Ziel zu erreichen, so viel Geld wie möglich zu verdienen", sagte US-Staatsanwalt Benton Campbell in einer Erklärung.

Coca-Plantagen in Brasilien Im März 2008 entdeckten die brasilianischen Regierungsbehörden die ersten bekannten Kokaplantagen im brasilianischen Dschungel, nachdem Satellitenbilder Lichtungen enthüllten, die sich als etwa 2 Hektar Kokaplantagen herausstellten. Armeeeinheiten in Hubschraubern und kleinen Booten entdeckten auch ein Labor zur Raffination von

Kokain auf dem Gelände, etwa 130 km südlich der Grenzstadt Tabatinga, am Ufer des Javari-Flusses, der entlang der brasilianischen Westgrenze zu Peru verläuft.

Sie spekulierten, dass die Kartelle die Kokapflanze genetisch verändert hätten, um unter feuchten Dschungelbedingungen zu wachsen. Drogenkartelle zogen in die brasilianischen Amazonaswälder und begannen, Kokain tief in den Regenwäldern zu produzieren, was eine neue Grenze im südamerikanischen Drogenhandel öffnete.

Mit der Verteilung in den lukrativen US-Markt, der von mexikanischen Kartellen in die Enge getrieben wurde, trainierten Brasiliens Banden ihren Blick auf Europa. Die Preise sind dort aufgrund der längeren Strecken und der damit verbundenen zusätzlichen Risiken höher als in den USA. Europa ist auch ein praktischer Boxenstopp für Kokain, das für Wachstumsmärkte im Nahen Osten und in Asien bestimmt ist.

Brasiliens Drogenbanden Brasilien hat drei große Drogenbanden - das Rote Kommando, das Erste Hauptstadtkommando und die Familie des Nordens. Diese drei haben nicht mit Drogen angefangen. Sie wurden gegründet, um gegen die schrecklichen Bedingungen in Gefängnissen in Brasilien zu kämpfen.

Das rote Kommando Das Rote Kommando entstand aus einer Allianz zwischen gewöhnlichen Kriminellen und linken Militanten, als die beiden Gruppen unter der Militärdiktatur in Brasilien von 1964 bis 1985 in Gefängnisse geworfen wurden. Die Bedingungen im Gefängnis Candido Mendes auf der Insel Ilha Grande in Rio de Janeiro waren so schrecklich, dass sich die Insassen zusammenschlossen, um innerhalb des Systems zu überleben. Sie gründeten zunächst eine linke Milizorganisation namens „Falange Vermelho" oder „Rote Phalanx", aber die Ideologie wurde bald aufgegeben und die Gruppe engagierte sich stärker für das organisierte Verbrechen und wurde von der Presse als „Rotes Kommando" bezeichnet. Bis 1979 hatte sich die Gruppe aus den Gefängnissen auf die Straßen von Rio ausgebreitet. Mitglieder von außen wurden gebeten, den Insassen durch kriminelle Aktivitäten wie Banküberfälle Geld zur Verfügung zu stellen, um eine angemessene

Lebensqualität im Gefängnis aufrechtzuerhalten und Fluchtversuche zu finanzieren.

Als der Kokainhandel in den 1980er Jahren zu boomen begann, war das Rote Kommando ideal positioniert, um mit kolumbianischen Kartellen zusammenzuarbeiten. Es hatte die Struktur und die Organisation, um zuverlässig große Mengen des Arzneimittels zu erhalten und zu verteilen. Mitglieder von außen hatten nun ein klares Ziel - die Bildung gut bewaffneter Banden, die im Namen des Roten Kommandos Drogenrasen übernehmen sollten. Sie gewannen die Kontrolle über viele arme Viertel in Rio de Janeiro, die vom Staat vernachlässigt worden waren, errichteten ein paralleles Regierungssystem in den Favelas oder Elendsvierteln und stellten den lange von der brasilianischen Gesellschaft ausgeschlossenen Bewohnern Beschäftigung zur Verfügung.

In den 1990er Jahren begann der Einfluss der allmächtigen illegalen Glücksspielbosse der Stadt, bekannt als "Bicheiros", zu schwinden und ebnete den Weg für das Rote Kommando, Rios führende organisierte kriminelle Gruppe zu werden und seine Präsenz in anderen Staaten aufzubauen.

Das Rote Kommando unterhielt Verbindungen zu den inzwischen weitgehend demobilisierten Revolutionären Streitkräften Kolumbiens (Fuerzas Armadas Revolucionarias de Colombia - FARC). Der Anführer des Roten Kommandos, Luiz Fernando da Costa, alias "Fernandinho Beira-Mar", wurde 2001 in Kolumbien verhaftet, als er angeblich Waffen gegen Kokain mit den Guerillas austauschte.

Im Jahr 2005 kontrollierte das Rote Kommando schätzungsweise mehr als die Hälfte der gewalttätigsten Gebiete von Rio de Janeiro, obwohl dies 2008 auf unter 40 Prozent fiel. Ein polizeiliches Befriedungsprogramm, das eine staatliche Präsenz in kriminell dominierte Gebiete bringen sollte, reduzierte den Einfluss der Gruppe in den frühen 2010er Jahren weiter, aber die langfristigen Auswirkungen der Sicherheitsstrategie waren begrenzt.

Ende 2016 löste ein Zusammenbruch einer langjährigen Allianz zwischen dem Roten Kommando und dem Ersten Hauptstadtkommando (PCC), die 1993 gegründet wurde, eine Welle der Gewalt in brasilianischen Gefängnissen aus. Im folgenden Jahr setzte sich der Konflikt zwischen den beiden Gruppen fort, als die PCC versuchte, die Macht des Roten Kommandos zu reduzieren, indem sie Allianzen mit feindlichen Banden bildete und Mitglieder des Roten Kommandos kooptierte, um die Kontrolle über den Drogenhandel in den traditionellen Einflusszonen der Gruppe zu übernehmen.

Das Rote Kommando hat eine relativ lockere Führungsstruktur und wurde als ein Netzwerk unabhängiger Akteure beschrieben, und nicht als eine strenge hierarchische Organisation, die von einem einzelnen Führer geleitet wird. Es gibt jedoch prominente Chefs innerhalb der Struktur, darunter Luiz Fernando da Costa, alias "Fernandinho Beira-Mar", der derzeit inhaftiert ist; und Isaias da Costa Rodrigues, alias "Isaias do Borel", der bis zu seiner Freilassung im Jahr 2012 mehr als 20 Jahre im Gefängnis war. Im Dezember 2014 verhafteten die Behörden in Paraguay einen führenden Anführer des Roten Kommandos, Luis Claudio Machado, alias „Marreta".

Fernandinho Beira-Mar hat einen starken Einfluss innerhalb der Gruppe behalten, obwohl er lebenslang im Gefängnis sitzt und die Polizei weiterhin auf sein Vermächtnis abzielt. Im Januar 2022 wurde Lindomar Gregório de Lucena, alias "Babuino", der angebliche Anführer des Roten Kommandos in Rio de Janeiro und der gemeldete Pflegesohn von Beira-Mar, bei einem Überfall getötet.

Am 24. Mai 2022 griffen Polizeikräfte, die von bewaffneten Fahrzeugen und einem Hubschrauber unterstützt wurden, die Favela Vila Cruzeiro in einem Viertel von Rio de Janeiro an und lösten eine wilde Schlacht aus, in der 23 Menschen getötet wurden. Die Operation konzentrierte sich auf die Entdeckung und Festnahme krimineller Führer der Drogenhandelsgruppe, von denen einige aus anderen Staaten stammten. Eine Frau wurde versehentlich getötet, nachdem sie während einer Schießerei zwischen Bandenmitgliedern und der Polizei von einer verirrten Kugel getroffen worden war.

Das Rote Kommando hat seinen Sitz in Rio de Janeiro, ist aber in anderen Teilen Brasiliens, einschließlich Sao Paulo, präsent. Besonders stark ist sie im nördlichen Bundesstaat Amazonas und im westlichen Bundesstaat Mato Grosso. Sie ist auch in Paraguay und Bolivien tätig. Das Rote Kommando arbeitete eng mit dem PCC zusammen, bis die langjährige Allianz der beiden Gruppen 2016 zerbrach. Obwohl das Rote Kommando weitaus kleiner als das PCC war, hatte es im Jahr 2020 rund 30.000 Mitglieder in Brasilien.

Erstes Hauptstadtkommando – PCC Die Ideen des Roten Kommandos verbreiteten sich auf andere Gefängnisse. Auch die Macht des Roten Kommandos wuchs. Zwei Jahrzehnte später bildete eine ähnliche Gefangenenbewegung in São Paulo das First Capital Command (Primeiro Comando da Capital – PCC).

Sowohl das Rote Kommando als auch die PCC-Organisationen wurden von Gefangenen als Selbstschutzgruppen als Vergeltung für Brasiliens brutales Gefängnissystem gegründet.

Die PCC entstand nach dem Massaker im Oktober 1992 im Gefängnis Carandiru in São Paulo, bei dem brasilianische Sicherheitskräfte nach einem Aufstand über 100 Gefangene töteten. Im August 1993 gründete eine Gruppe von acht Gefangenen, die ins Gefängnis Taubaté gebracht worden waren, die PCC, um für Gerechtigkeit für das Massaker zu kämpfen und sich für bessere Haftbedingungen einzusetzen. Sie drückten ihre Solidarität mit dem älteren Roten Kommando aus, indem sie dessen Slogan „Frieden, Gerechtigkeit, Freiheit" annahmen und für Revolution und Zerstörung des kapitalistischen Systems eintraten.

Die Existenz der PCC wurde erstmals 1997 von der Journalistin Fatima Souza öffentlich berichtet, aber die Regierung von São Paulo bestritt weiterhin die Existenz einer solchen Gruppe. 1999 führte die Gruppe den größten Bankraub in der Geschichte von São Paulo durch und stahl rund 32 Millionen US-Dollar. In den folgenden Jahren teilte die Regierung die Führer der PCC auf und verlegte sie in Gefängnisse im ganzen Land. Dies ermöglichte es der Bande jedoch, stärkere Verbindungen zu anderen kriminellen Gruppen aufzubauen und ihre Ideen weiter zu verbreiten.

1999 trat der Bankräuber Marcos Williams Herbas Camacho, bekannt unter dem Spitznamen Marcola, in die PCC-Führung ein. Marcola bolivianischer Abstammung galt unter Kriminellen als Genie. Er hat dem Geschäftsmodell der Organisation eine neue Dimension verliehen. Zu dieser Zeit beherrschte PCC mehr als zwei Dutzend Gefängnisse. Es kontrollierte auch Tausende von Mitgliedern frei auf

den Straßen. Der aufstrebende PCC-Führer verstand, dass at-large-Mitglieder ein wertvoller Vermögenswert für das Unternehmen waren, der für die Steigerung von Umsatz, Einfluss und Macht nützlich war.
Unter Marcolas Führung begann das PCC seine Konsolidierung als das, was Max Manwaring eine "Bande der zweiten Generation" nannte, die sowohl geschäftlich als auch für die Kontrolle des lokalen Geländes organisiert war. Marcola erweiterte nicht nur die Aktivitäten von PCC im Drogenhandel und Bankraub (letzterer war seine Spezialität), er führte die Organisation auch dazu, eine Marktansicht von Kriminalität zu übernehmen und Marktanteile durch Gewalt zu erobern und Konkurrenten wegzufegen.

Bis 2001 war es für die Regierung unmöglich geworden, die Existenz der PCC zu leugnen, als sie die größte Gefängnisrebellion koordinierte, die die Welt je gesehen hatte. Im Februar 2001 erregte die PCC weltweit die Aufmerksamkeit der Öffentlichkeit, als 28.000 Häftlinge die Kontrolle über 29 Gefängnisse in neunzehn Städten im Bundesstaat São Paulo übernahmen. Mehr als 10.000 Menschen wurden als Geiseln genommen.

Im Jahr 2006 startete die PCC eine noch bedeutendere Rebellion aus Protest gegen die Verlegung von Mitgliedern in abgelegene Einrichtungen. Inhaftierte Mitglieder übernahmen mehr als 70 Gefängnisse im ganzen Land und nahmen Besucher als Geiseln. Gleichzeitig startete die Gruppe koordinierte Angriffe auf São Paulo, bei denen mehr als 150 Menschen ums Leben kamen.

Im Laufe des nächsten Jahrzehnts wuchs die Stärke und Raffinesse des PCC, unterstützt durch eine praktisch ungehinderte Fähigkeit, Geschäfte in Brasiliens unterversorgten Gefängnissen zu tätigen, sowie einen gemeldeten Waffenstillstand mit der Polizei von São Paulo. Anfang der 2010er Jahre begann die Gruppe, Drogen- und Waffenhandel in Nachbarländern wie Bolivien und Paraguay zu betreiben.

Ende 2012 musste der Sekretär für öffentliche Sicherheit von São Paulo nach einer Reihe gewaltsamer Zusammenstöße zwischen Polizei und PCC zurücktreten, angeblich als Reaktion darauf, dass die

Behörden unter Verstoß gegen den Geist des Waffenstillstands Maßnahmen gegen die Bande ergriffen hatten.

In den frühen 2010er Jahren unternahm die PCC auch Versuche, die Politik in ihrem Heimatstaat São Paulo zu beeinflussen. Mit zunehmender Rekrutierung und Einnahmen begann sich die Bande als die mächtigste kriminelle Organisation in Brasilien zu etablieren.

Mit mehr als 30.000 Mitgliedern in weiten Teilen Brasiliens und einem monatlichen Umsatz von mehreren Millionen Dollar erweiterte das PCC seine kriminellen Aktivitäten auf große internationale Drogenhandelsoperationen. Die Gruppe entwickelte Verbindungen zur mächtigen italienischen Mafia, der 'Ndrangheta, und begann, Geld im Ausland wie China zu waschen.

In der zweiten Hälfte des Jahrzehnts wurde die PCC mutiger und gewalttätiger. Die Gruppe wurde für eine Reihe von bewaffneten Raubüberfällen in Paraguay im Jahr 2015 verantwortlich gemacht. Anfang 2016 tauchte im Internet ein Video auf, das die Enthauptung eines Teenagers zeigt, angeblich im Zusammenhang mit einem Streit zwischen dem PCC und seinem ehemaligen Verbündeten, der First Catarinense Group (Primeiro Grupo da Catarinense – PGC).

Ende 2016 brach die PCC ihren langjährigen Waffenstillstand mit dem Roten Kommando und löste monatelange blutige Gefängnisaufstände aus, die zu Hunderten von Toten führten. Die Behörden verknüpften die Gewalt mit Zusammenstößen zwischen den beiden Gruppen um die Kontrolle der lukrativen Drogenhandelsrouten, die durch die abgelegene nördliche Amazonasregion Brasiliens führen. PCC fordertedas Rote Kommando in seiner Heimatstadt Rio de Janeiro heraus. PCC wehrte auch Herausforderungen einer rivalisierenden Gruppe im Bundesstaat São Paulo ab und trug dort zu einem Anstieg der Gewalt bei.

Im Jahr 2017 ging der PCC in den Expansionsmodus über. Die Gruppe stand im Zusammenhang mit internationalen Drogenlieferungen durch Uruguay, Entführungen und Raubüberfällen in Bolivien und Versuchen, abtrünnige Mitglieder der demobilisierenden Revolutionären Streitkräfte Kolumbiens (Fuerzas Armadas Revolucionarias de Colombia - FARC) zu rekrutieren.

Die PCC wurde auch für eine Reihe von Morden verantwortlich gemacht, die Berichten zufolge im Zusammenhang mit dem Konflikt um den Drogenhandel in Paraguay stehen. Im April 2017 soll die Bande den größten bewaffneten Raubüberfall in der Geschichte Paraguays begangen haben. Zwischen 50 und 60 Personen, die mit militärischen Waffen und Sprengstoff bewaffnet waren, griffen am 24. April 2017 kurz nach Mitternacht ein Transportunternehmen in Ciudad del Este an, einer Stadt in der Nähe der sogenannten „Tri-Border" -Region, in der sich Paraguay, Brasilien und Argentinien treffen.

Obwohl der offizielle Betrag nicht bekannt gegeben wurde, wurden laut Presseberichten rund 40 Millionen US-Dollar gestohlen. Lokale Medien beschrieben die Operation als "den Raub des Jahrhunderts" und beschrieben die Stadt als in einen "Kriegszustand" versetzt.

Das PCC organisiert sich mit einer starken unabhängigen lokalen Führung, die durch ein Franchisesystem arbeitet, anstatt von einer vertikalen Hierarchie abhängig zu sein. Die Beiträge werden jedoch von Mitgliedern der Organisation erhoben und zur Bezahlung von Anwälten, Bestechungsgeld für Gefängniswärter und Polizisten sowie zum Kauf von Drogen und Waffen verwendet. Ein Bericht der brasilianischen Bundespolizei aus dem Jahr 2018 beschrieb die Bande als auf höchster Ebene von einer Gruppe mächtiger regionaler Führer geführt, von denen viele inhaftiert sind.

Zwei Gründungsmitglieder der PCC - Jose Marcio Felicio, alias "Geleião", und César Augusto Roriz da Silva, alias "Cesinha", wurden 2002 aus der Organisation ausgeschlossen und gründeten eine rivalisierende Organisation, das Third Capital Command (Terceiro Comando da Capital - TCC).

Nach Angaben der brasilianischen Polizei dient Marcos Willians Herbas Camacho, alias "Marcola", als maximaler Anführer der Gruppe und operiert vom Gefängnis aus, wo er eine zwei Jahrzehnte dauernde Drogenhandelsstrafe verbüßt. Der stellvertretende Befehlshaber der Gruppe, Abel Pacheco, alias "Vida Loka", sitzt im Gefängnis, während https://g1.globo.com/sao-paulo/noticia/vida-loka-n-2-de-faccao-criminosa-de-sp-e-julgado-por-ordenar-assassinatos.ghtml er wegen Mordes angeklagt wird.

Die PCC verlor Ende 2017 und Anfang 2018 mehrere Top-Führungskräfte. Der hochrangige PCC-Führer Edison Borges Nogueira, alias "Birosca", wurde im Dezember 2017 in einem Gefängnis in São Paulo getötet, nachdem er Anfang des Jahres infolge eines Kampfes zwischen seiner Frau und den Familienmitgliedern anderer Gefangener in einem Bus aus der Gruppe ausgeschlossen worden war. Rogério Jeremias de Simone, alias "Gegê do Mangue", angeblich der dritte Befehlshaber des PCC, und Fabiano Alves de Souza, alias "Paca", ein weiterer Spitzenführer, wurden im Februar 2018 bei einem mutmaßlichen Zusammenstoß mit einer rivalisierenden Gruppe getötet.

Die Folgen des Zusammenbruchs des Waffenstillstands des PCC-Red Command führten Anfang 2018 weiterhin zu Gewalt, wobei die PCC in ihrer laufenden Kampagne der nationalen und internationalen Expansion scheinbar unbeirrt blieb.

Die PCC-Gruppe ist heute die größte und am besten organisierte kriminelle Organisation in Brasilien. Sie hat ihren Sitz in São Paulo, dem bevölkerungsreichsten und wirtschaftlich wichtigsten Bundesstaat Brasiliens. Aber sie ist im ganzen Land präsent. In den letzten Jahren hat es seine Aktivitäten international ausgeweitet und seine Aktivitäten in fast jedem Land Südamerikas ausgebaut sowie Verbindungen zu kriminellen Gruppen in Europa und Asien aufgebaut.

Im Juli 2019 verhaftete die brasilianische Polizei Nicola Assisi, angeblich ein älterer Spieler des italienischen Ndrangheta-Mobs, zusammen mit seinem Sohn Patrick in der Nähe von Santos. Sie werden "beschuldigt, einige der größten Kokainlieferanten nach Europa zu sein", sie wurden nach Italien ausgeliefert. 'Ndrangheta ist eine der mächtigsten kriminellen Mafia-Organisationen der Welt.

Nördliche Familie oder The Familia do Norte (FDN) Die Northern Family ist die dritte kriminelle Fraktion, die Nordbrasilien und einige Regionen in Nachbarländern wie Kolumbien, Peru und Venezuela besetzt hält.https://en.wikipedia.org/wiki/Fam%C3%ADlia_do_Norte_-cite_note-auto1-1 Sie ist die drittgrößte Fraktion in Brasilien und die größte im Bundesstaat Amazonas. Sie hat keine guten Beziehungen zu anderen brasilianischen Fraktionen, da sie bereits in mehrere Fraktionskriege eingetreten ist.https://en.wikipedia.org/wiki/Fam%C3%ADlia_do_Norte - cite_note-5

Die Northern Family wurde 2007 von Fernandes Barbosa, Zé Roberto da Compensa und Gelson Carnaúba (bekannt als Mano G.) gegründet. Es entstand in Gefängnissen und Außenbezirken von Manaus, um gegen die prekären und gefährlichen Bedingungen zu kämpfen, die im Gefängnis in Manaus herrschten. Zwischen 2015 und 2018 bildeten die Northern Family und das Comando Vermelho eine Allianz, um den Vormarsch der PCC in Amazonas zu verhindern und den Krieg zwischen der PCC und dem Red Command im Jahr 2016 auszulösen.https://en.wikipedia.org/wiki/Fam%C3%ADlia_do_Norte - cite_note-8 Im Jahr 2018 löste sich die Allianz auf, was zu einer Konfrontation zwischen dem Comando Vermelho und der Northern Family führte und die Fraktion schwächte.

Die Northern Family Group hatte 2017 eine Spaltung, als ein hochrangiges Mitglied, João Pinto Carioca, alias „João Branco", eine Splittergruppe gründete, die „Reine Familie des Nordens" (Familia do Norte Pura), und die beiden Fraktionen seitdem blutige Gewaltkampagnen gegeneinander geführt haben. Besonders gewaltsame Gefängnisunruhen zwischen den beiden Gruppen führten zwischen dem 26. und 27. Mai 2019 zum Tod von 55 Insassen.

Videos von FDN-Mitgliedern als Reaktion auf die CV-Angriffe im Januar 2020 zeigen, dass das, was von der Gruppe übrig bleibt, fest unter dem Kommando von Zé Roberto da Compensa steht, wobei sein Sohn Luciano da Silva Barbosa, alias "L7", als weiterer Anführer auftaucht.

Los Caqueteños Los Caqueteños wurde 2010 von ehemaligen Mitgliedern einer lokalen paramilitärischen Truppe gegründet und hat seinen Sitz in der kolumbianischen Grenzstadt Leticia. Laut einem kolumbianischen Bericht ist sie „die kriegerischste Organisation in der Dreifach-Grenzregion".

Im August 2019 verhaftete die Polizei den 19-jährigen Kevin Valencia Astudillo, Leiter des Netzwerks von Auftragsmördern der „Los Caqueteños". Im selben Jahr

eine bi-laterale Anti-Drogen-Einheit versuchte, einige der Operationen von Los Caqueteños rund um Caballococha zu stören. Aber draußen im Dschungel scheint die Polizei immer einen Schritt hinter den Menschenhändlern zu sein. Die Mission stützte sich auf zwei alternde russische Mi-17-Hubschrauber, die von den Peruanern zur Verfügung gestellt wurden. Einer brach sofort zusammen, was zu einer Verzögerung von einigen Tagen führte, während ein neues Teil eingeflogen wurde. Nach der Reparatur des Hubschraubers wurden nur drei Personen festgenommen. Die Verdächtigen verschwanden beim Geräusch von sich nähernden Flugzeugen im Dschungel.

Das Team verbrannte auch fünf sogenannte Pastenlabore, die die erste Stufe der Verarbeitung auf Kokaplantagen durchführen. Diese Einrichtungen sind in der Regel rohe Hütten, in denen Arbeiter Plastikfässer mit Kokablättern, Benzin und anderen Chemikalien füllen, um Kokapaste zu bilden. Dieser grün gefärbte Schlamm wird dann in anspruchsvollere Labors transportiert, um zu weißem, pulverförmigem Kokain verarbeitet zu werden.

Aber als die Tage vergingen, machten die Pastenanfälle nicht viel aus. Dann kam ein möglicher Bruch. Ein Informant sagte, ein kleines Flugzeug mit 300 Kilogramm Kokapaste sei beim Start von einer geheimen Landebahn abgestürzt. Dem Informanten zufolge befanden sich weitere 700 Kilogramm (1.543,2 Pfund) an der Seite der Landebahn, bewacht von 10 schwer bewaffneten Männern.

Gegen Mittag des folgenden Tages starteten ein paar Dutzend peruanische Polizisten in den Hubschraubern. Als die Start- und Landebahn in Sicht kam, strahlten Hubschraubergewehre sie mit Maschinengewehrfeuer aus. Bei der Landung fanden sie keine bewaffneten Wachen, keine Drogen und kein Flugzeug. Sie fanden das verkohlte Wrack eines Beechcraft Baron 58, eines brasilianischen Flugzeugs, das gehackt und im Fluss zurückgelassen wurde. Auch er war leer.

Es entstand eine Partnerschaft zwischen dem brasilianischen FDN und Los Caqueteños. Die Verschiebung von Bandenallianzen zwischen verschiedenen Gruppen zu verschiedenen Zeiten erhöht die Komplexität.

Hafen von Santos - Bundesstaat São Paulo, Brasilien Laut seiner offiziellen Website verbindet der Hafen von Santos über 600 Häfen in 125 Ländern weltweit. Seitdem wurde es erweitert und hat Rekordgewinne erzielt. Sie sollte bis Ende 2022 privatisiert werden. Doch wegen einigen Schluckaufs muss die Entscheidung vorerst abgewartet werden.

Der PCC dominiert den nahe gelegenen Hafen von Santos, der täglich rund 7.000 Container umschlägt. Da Santos mit Kokain überschwemmt ist, haben die Hafenbeamten die Sicherheit verschärft. Seit 2016 wird jeder Europa-gebundene Container röntgengescannt. Im Jahr 2019 erbeuteten Zollagenten in Santos einen Rekordwert von 27 Tonnen Kokain, ein Anstieg von 154 % gegenüber drei Jahren zuvor.

Mehrere kriminelle Organisationen nutzen dieses Netzwerk aus. Aber die PCC, die den Drogenhandel in São Paulo kontrolliert, gilt als eine der wichtigsten. PCC hat seine Tentakel des Drogenhandels in der gesamten Region ausgeweitet und hat die Kontrolle über mehrere wichtige Kokainhandelsrouten, indem es in den Andenländern hergestellte Drogen nach Brasilien bringt und sie in Exportzentren, insbesondere über Häfen wie den Hafen von Santos, verlegt.

Zwischen 2010 und 2019 beschlagnahmte die brasilianische Bundespolizei (PF) im Hafen von Santos insgesamt 80,7 Tonnen Kokain. Im Jahr 2020, während der Pandemie, beschlagnahmten die Behörden 14,1 Tonnen Kokain. Im Jahr 2021 führte der Betrieb des brasilianischen Finanzamtes (rfb, auf Portugiesisch) zur Beschlagnahme von rund 15 Tonnen Kokain im Hafen. Laut PF-Daten waren etwa 80 Prozent dieses Medikaments für europäische Länder bestimmt.

Am 3. Februar 2022 fand die brasilianische Bundespolizei 558 Kilogramm Kokain versteckt in Paketen mit Kaffeebohnen. Die Ladung war bereit, vom Hafen von Santos nach Deutschland verschifft zu werden. Drogenbeschlagnahmungen in brasilianischen Häfen, insbesondere in Santos, im Bundesstaat São Paulo und dem zweitgrößten in Lateinamerika nach dem Hafen von Colón in

Panama, sind so häufig, dass ein aktueller Bericht der internationalen investigativen Journalismusorganisation Insight Crime sie als „einen entscheidenden Dreh- und Angelpunkt für den globalen Kokainhandel" bezeichnete.

Im Jahr 2015 beschlagnahmte der belgische Zoll nur 293 Kilogramm (646 Pfund) Kokain aus Brasilien, weniger als 2% der diesjährigen Lieferung. Die Importe sind in die Höhe geschossen. Belgien hat sich zum wichtigsten Tor für südamerikanisches Kokain entwickelt, das fast ausschließlich über den Hafen von Antwerpen nach Europa gelangt. Im Jahr 2019 nahmen die Behörden in Antwerpen, dem zweitgrößten Hafen Europas, einen Rekord von fast 62 Tonnen Kokain fest. Der größte Anteil davon - 15,9 Tonnen, etwa ein Viertel der Gesamtzahl - stammte von Schiffen, die aus Brasilien ankamen.

Ähnlich verhält es sich in Spanien, dem zweitwichtigsten Hafen Europas. Vor fünf Jahren gehörte Brasilien nicht zu den wichtigsten Einschiffungspunkten für Frachtschiffe, die Kokain nach Spanien brachten. Die fünf besten Slots waren Kolumbien, Venezuela, Portugal, Ecuador und Chile. Brasilien erreichte 2016 und erneut 2018 den ersten Platz, als die Strafverfolgungsbehörden einen Rekord von 4,3 Tonnen von Schiffen beschlagnahmten, die aus brasilianischen Häfen ankamen. Brasilien war auch der wichtigste Ausgangspunkt für Kokain, das 2018 bei der Einreise nach Deutschland aufgegriffen wurde, mit einem historischen Fang von fast 2,1 Tonnen.

Experten warnen davor, dass Befürchtungszahlen nicht die ganze Geschichte erzählen. Größere Beschlagnahmungen könnten auch eine bessere Polizeiarbeit und keine erhöhten Ströme widerspiegeln. Aber Europa schwimmt jetzt "in Drogen", und Brasilien spielt eine immer wichtigere Rolle, um sie dorthin zu bringen.

Nach Angaben des Büros der Vereinten Nationen für Drogen- und Verbrechensbekämpfung (UNODC) hat sich die weltweite Kokainproduktion - fast ausschließlich aus Kolumbien, Peru und Bolivien - zwischen 2013 und 2017 mehr als verdoppelt und erreichte schätzungsweise 1.976 Tonnen. Südamerika ist überflutet von hochreinem Pulver, das Käufer benötigt. Laut dem Weltdrogenbericht 2019 des UNODC haben aufkeimende

Lieferungen zu sinkenden Preisen geführt, die weltweit neue Nutzer angezogen haben.

Secco, der Drogenzar der brasilianischen Bundespolizei, war vorsichtiger. Er sagte, die Beschlagnahmungen seien gestiegen, weil die Andenproduktion stark gestiegen sei und immer mehr Kokain nach Brasilien gelangt, "nicht wegen neuer Investitionen" in die Strafverfolgung.

Nach Angaben der Bundespolizei importieren Brasiliens Banden auch Kokain in die abgelegene, nördliche Amazonasregion des Landes entlang der sogenannten Dreifachgrenze zu Kolumbien und Peru. Sie sagen, dass ein Großteil des Produkts mit dem Boot entlang des Amazonas nach Brasilien gelangt, um nach Manaus, einer Stadt mit rund 2 Millionen Einwohnern, zu gelangen. Von dort zieht es flussabwärts, bis es in Vorbereitung auf die Atlantiküberquerung nordöstliche Seehäfen wie Suape und Natal erreicht. Banden seien "weniger verängstigt und mächtiger" als früher, sagte der brasilianische Bundespolizist Charles Nascimento, ein Veteran der Amazonas-Drogen.

Jair Messias Bolsonaro ist ein brasilianischer Politiker und pensionierter Militäroffizier, der seit dem 1. Januar 2019 der 38. Präsident Brasiliens ist. Die Regierung von Bolsonaro verstärkt die Anti-Drogen-Bemühungen mit ihren Anden-Nachbarn. Bolsonaros Regierung greift die Banden an, indem sie ihre Finanzen ins Visier nimmt und inhaftierte Anführer zu Hochsicherheitsgefängnissen auf Bundesebene bringt.

In den letzten Jahren hat sich Brasilien zu einem der wichtigsten Pipeline-Länder für den Transport von Medikamenten nach Europa entwickelt. Dies hat Paraguay wiederum zu einer kritischen Transitstation für Kokain gemacht, das aus Erzeugerländern wie Kolumbien, Peru und Bolivien geschmuggelt wird. Die Polizei sagt, dass die Bande die Hafenarbeiter besticht oder bedroht, Kokain in ausgehende Schiffscontainer zu legen. Einige Drogen werden auf Frachtschiffen vor der Küste auf See verladen, wobei Schmuggler in kleineren Booten mitfahren. Der Hafen von Santos mit seiner großen Dynamik, der sehr gut ausgebauten Infrastruktur und den Tausenden von Schiffen, die wöchentlich zirkulieren, ist offensichtlich am bequemsten für den Drogenhandel. Aber die zunehmende Repression und Überwachung macht sie offen oder stärkt andere Wege. Es gibt andere gut vorbereitete Häfen im Nordosten des Landes, wie Recife, Fortaleza und Salvador, um diesen Transit nach Afrika und Europa durchführen zu können, hauptsächlich über iberische Häfen wie Portugal, Spanien über die Kanarischen Inseln oder Süditalien und Frankreich, die diesen Fluss über den Atlantik erhalten.

Drogenlords von Indien

Indien hat keine Drogenbarone und Drogenkartelle, die mit den in den obigen Kapiteln genannten konkurrieren könnten. Aber wir haben eine sehr große Anzahl von Verbrauchern und Indien kann auch ein Transitland sein. Und das Drogenproblem nimmt zu.

Nach Angaben des Narcotics Control Bureau (NCB), der für die Durchsetzung der Drogengesetze in Indien zuständigen Behörde, ist die Gesamtmenge der im Land beschlagnahmten Drogen von 23.960 kg im Jahr 2011 auf 60.312 kg im Jahr 2020 gestiegen, was einem Wachstum von 152 % entspricht. Die höchsten Beschlagnahmungen wurden 2019 gemeldet, wobei 66.626 kg Drogen von Strafverfolgungsbehörden beschlagnahmt wurden. Die Daten zeigen, dass Cannabis, Heroin und synthetische Drogen wie Methamphetamin und Amphetamine die am häufigsten gehandelten Drogen im Land sind.

Einige der größten Anfälle 1. Die Beschlagnahme im September 2018: Die NZB beschlagnahmte 1.000 kg Heroin aus einem Container im JNPT in Mumbai. Das Heroin wurde in einer Sendung importierter Waren versteckt und soll aus Afghanistan stammen. Der geschätzte Wert der Beschlagnahme betrug rund 2.500 Rupien (350 Millionen US-Dollar). Dies war einer der größten Heroinsammlungen in der Geschichte Indiens.

2. Die Beschlagnahme im November 2018: Die NZB beschlagnahmte 1.187 kg Kokain aus einem Container im JNPT in Mumbai. Das Kokain war in einer Möbelsendung versteckt und soll aus Südamerika stammen. Der geschätzte Wert der Beschlagnahme betrug rund 2.400 Rupien (340 Millionen US-Dollar). Dies war eine der größten Kokainbeschlagnahmen in der Geschichte Indiens.

3. Die Beschlagnahme im Juni 2020: Die indische Küstenwache hat ein Schiff vor der Küste von Gujarat abgefangen und 1,5 Tonnen Heroin sowie andere Drogen und Waffen gefunden. Es wurde angenommen, dass die Medikamente ihren Ursprung in Afghanistan

hatten und für den internationalen Markt bestimmt waren. Der geschätzte Wert der Beschlagnahme lag bei über 3.500 Rupien (500 Millionen US-Dollar). Dies war einer der größten Drogenbeschlagnahmen in der Geschichte Indiens.

4. Die Beschlagnahme im Januar 2021: Die NZB beschlagnahmte 200 kg Heroin aus einem Container im Hafen von Nhava Sheva in Mumbai. Das Heroin wurde in einer Sendung Talkumpuder versteckt, die ins Ausland verschifft wurde. Der geschätzte Wert der Beschlagnahme lag bei über 1.000 Rupien (140 Millionen US-Dollar). Dies war einer der größten Heroinbeschlagnahmen der letzten Zeit.

Größte Beschlagnahme von Betäubungsmitteln aller Zeiten Nach einem Hinweis fing die Central Industrial Security Force (CISF) am Morgen des 9. Mai 2019 eine 31-jährige Passagierin, Nomsa Lutalo, aus Südafrika, am internationalen Flughafen Indira Gandhi in Neu-Delhi ab. Die Frau sollte über Dubai einen Flug nach Johannesburg besteigen.

Als sie ihre Taschen überprüften, fanden sie 24,7 kg Pseudoephedrin in ihren Taschen. Bei der Befragung sagte die Frau, dass sie die Sendung in Greater Noida von zwei Personen aus Nigeria erhalten habe. Sie sagte, sie wurde gebeten, dasselbe nach Johannesburg zu bringen, und ihr wurde gutes Geld als Gegenleistung versprochen.

Basierend auf Lutalos Verhör führte ein NZB-Team am selben Tag eine Razzia in der identifizierten Räumlichkeit im Sektor P4 von Greater Noida durch. Sie fanden einen Mann, Henry Ideofor (35), und eine Frau, Chimando Okora (30), die im Haus lebten. Beide stammten aus Nigeria. Bei Durchsuchungen fand das NCB-Team mehrere Kanister und Kisten im Haus, die 1.818 kg Pseudoephedrin enthielten. Sie haben auch 1,9 kg Kokain zurückgewonnen. Der ungefähre Wert der beschlagnahmten Medikamente wurde auf mehr als 1.000 Rupien geschätzt. Sie verhafteten drei Personen - zwei nigerianische Staatsangehörige und eine südafrikanische Staatsangehörige.

Während der Befragung teilten Ideofor und Okora den Beamten mit, dass sie das Haus vermietet hätten und seit 2015 dort lebten. Ideofor und Okora erzählten den Beamten, dass sie die Chemikalie aus verschiedenen illegalen Quellen gekauft und zur Herstellung von

Drogen gelagert hätten. Sie stellten auch gefälschtes Heroin her und transportierten es illegal aus dem Land. Sie behaupteten, die Drogen auch in Delhi-NCR verteilt zu haben. Die Vorläufer- und hergestellten Medikamente wurden hauptsächlich in Länder in Afrika verschickt.

Dieses Haus in Greater Noida war im Besitz von P. N. Pandey, einem IPS-Beamten, der bei der Abteilung für Wirtschaftsdelikte der UP-Polizei in Lucknow tätig war. Als Pandey von der NZB kontaktiert wurde, sagte er, er habe sein Haus über einen Immobilienhändler vermietet und sei sich der dortigen Aktivitäten nicht bewusst. Er sagte: "Ich hatte keine Kenntnis von dem Drogengeschäft, das von meinem Haus aus betrieben wurde. Ich habe im vergangenen Jahr nicht einmal eine Miete erhalten und Beschwerde beim Kreisoffizier gegen die beiden nigerianischen Staatsangehörigen eingereicht. Im Mietvertrag wird auch klar erwähnt, dass die Bewohner für illegale Aktivitäten verantwortlich sind."

Die Täter hatten sorgfältig das Haus eines IPS-Beauftragten für ihre illegalen Aktivitäten ausgewählt. Es wurde als Arzneimittelherstellungseinheit verwendet. Laut Madhav Singh, Zonal Director, NCB, ist die Beschlagnahme Indiens größte jemals durchgeführte Betäubungsmittelbeförderung und die weltweit größte Pseudoephedrin-Beschlagnahme in den letzten drei Jahren. Er führte aus, dass Pseudoephedrin ein Vorläufer für die Herstellung von Betäubungsmitteln und psychotropen Substanzen sei. Der Export von Pseudoephedrin bedarf einer Unbedenklichkeitsbescheinigung des Betäubungsmittelbeauftragten.

Ein neues Medikament - Hydroponisches Unkraut Auf der Grundlage vorheriger Informationen haben Beamte des Directorate of Revenue Intelligence am 19. Oktober 2022 zwei Sendungen mit Ursprung in den USA im Courier Terminal im Air Cargo Complex in Mumbai abgefangen und beschlagnahmt. Die Sendungen wurden als „Außenbetonfeuerstelle" deklariert. Aber sie enthielten etwa 86,5 kg hochwertiges hydroponisches Unkraut - eine neue Droge (Cannabis, das ohne Verwendung von Erde angebaut wurde). Im Wert von 39,5 Crore Rupien.

Die DRI-Beamten führten Durchsuchungen an den in den Sendungen genannten Zieladressen durch. Nachfolgende Durchsuchungen führten die Beamten zu einem Lager und einem Büro, das mit dem Importeur verbunden war. Die Durchsuchungen führten zur Niederschlagung des Drogenkartells, das von zwei indischen Staatsangehörigen in Mumbai betrieben wurde. Dieser Anfall deutet auf einen neuen und alarmierenden Trend hin, bei dem hydroponisches Unkraut US-amerikanischer Herkunft nach Indien importiert wird.

Die bisher größte Beschlagnahme von Medikamenten Bei einer der größten Beschlagnahmungen der Welt beschlagnahmten die Behörden am 14. September 2021 mehr als 3.000 kg Heroin - geschätzte 21.000 Crore (ca.) - aus zwei Containern im Hafen von Mundra in Kutch, Gujarat. Die Behälter wurden zunächst mit halbverarbeiteten Talksteinen und bituminöser Kohle deklariert.

Die Sendung wurde auf dem Seeweg von Kandahar, Afghanistan, über Bandar Abbas im Iran geschmuggelt. Acht Personen, darunter vier afghanische Staatsangehörige, ein usbekischer Staatsbürger und drei Inder, waren im vergangenen Jahr inhaftiert worden.

Die Waren wurden von der Aashi Trading Company mit Sitz in Vijayawada in Andhra Pradesh importiert. Die Ermittlungen laufen noch.

Was ist mit den großen Fischen – internationale Drogensyndikate Am 10. Februar 2023 stellte der Oberste Gerichtshof fest, dass in NDP-Fällen meist kleine Drogenhändler erwischt werden und nicht die wahren Schuldigen, die Drogensyndikate betreiben. Chief Justice of India DY Chandrachud bemerkte: " Wir müssen sagen, dass die indische Regierung und die Ermittlungsbehörden keine großen Fische festnehmen. Warum verfolgst du nicht internationale Drogensyndikate? Versuche, sie zu fangen. Du fängst nur kleine Fische wie Landwirte, jemanden, der am Busstand oder an anderen Orten steht."

Diese Beschlagnahmungen sind ein Zeugnis für die Bemühungen der Strafverfolgungsbehörden in Indien, das Problem des Drogenhandels im Land zu bekämpfen. Aber in Wirklichkeit machen die Beschlagnahmungen nur einen kleinen Teil der tatsächlich geschmuggelten Beträge aus. Daher unterstreichen sie auch die Notwendigkeit einer stärkeren Wachsamkeit und Zusammenarbeit zwischen den Strafverfolgungsbehörden auf nationaler und internationaler Ebene, um den Fluss illegaler Drogen einzudämmen.

Eine weitere Beschlagnahme von Drogen in Kochi Am 13. Mai 2023 beschlagnahmten das Narcotics Control Bureau (NCB) und die indische Marine in einer gemeinsamen Operation 2.525 kg hochreines Methamphetamin, auch Crystal Meth genannt, im Wert von 12.000 Crore-Rupien von einem Schiff in indischen Gewässern.

Die beschlagnahmten Drogen befanden sich in 134 Säcken. Das Methamphetamin wurde in Paketen zu je einem Kilo aufbewahrt.

Das Mutterschiff wurde an verschiedenen Stellen im Meer stationiert. Kleinere Boote würden aus verschiedenen Ländern kommen und Sendungen vom Mutterschiff abholen.

Die Sendung war für Sri Lanka, die Malediven und Indien bestimmt.

Über den Autor

Dr. Binoy Gupta

Der Autor zog sich als Top-Bürokrat in die indische Regierung zurück. Er hat einen Doktortitel in Rechtswissenschaften sowie eine große Anzahl von Postgraduiertenabschlüssen und Diplomen. Er hat mehrere Bücher verfasst und Hunderte von Artikeln geschrieben. Dieses Buch ist das Ergebnis jahrelanger Forschung.

www.ingramcontent.com/pod-product-compliance
Lightning Source LLC
LaVergne TN
LVHW041848070526
838199LV00045BA/1496